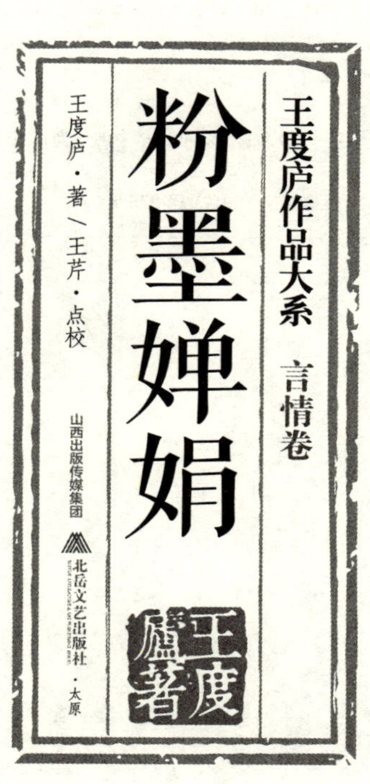
王度庐作品大系 言情卷
粉墨婵娟
王度庐著
王度庐·著／王芹·点校
山西出版传媒集团
北岳文艺出版社·太原

图书在版编目（CIP）数据

粉墨婵娟 / 王度庐著. 一 太原：北岳文艺出版社，2018.1
（王度庐作品大系 / 王度庐主编）
ISBN 978-7-5378-5441-2

Ⅰ. ①粉… Ⅱ. ①王… Ⅲ. ①长篇小说一中国一当代 Ⅳ. ① I247.5

中国版本图书馆 CIP 数据核字（2017）第 275884 号

书名：粉墨婵娟
著者：王度庐
点校：王　芹

策　　划：续小强
　　　　　刘文飞
责任编辑：张　丽

书籍设计：张永文
印装监制：巩　璠

出版发行：山西出版传媒集团·北岳文艺出版社
地址：山西省太原市并州南路 57 号
邮编：030012
电话：0351-5628696（发行部）　0351-5628688（总编办）
传真：0351-5628680
网址：http://www.bywy.com　E-mail：bywycbs@163.com
经销商：新华书店　印刷装订：山西人民印刷有限责任公司

开本：890mm × 1240mm　1/32　字数：176 千字
印张：5.75　版次：2018 年 1 月第 1 版　印次：2018 年 1 月山西第 1 次印刷
书号：ISBN　978-7-5378-5441-2
定价：29.00 元

出版前言

王度庐（1909—1977），原名葆祥（后改葆翔），字霄羽，出生于北京下层旗人家庭。“度庐”是1938年启用的笔名。他是中国现代文学史上著名的武侠言情小说家，独创“悲剧侠情”一派，成为民国北方武侠巨擘之一，与还珠楼主、白羽（宫竹心）、郑证因、朱贞木并称为“北派五大家”。

20世纪20年代，王度庐开始在北京小报上发表连载小说，包括侦探、实事、惨情、社会、武侠等各种类型，并发表杂文多篇。20世纪30年代后期，因在青岛报纸上连载长篇武侠小说《宝剑金钗》《剑气珠光》《鹤惊昆仑》《卧虎藏龙》《铁骑银瓶》（合称“鹤-铁五部”）而蜚声全国；至1948年，他还创作了《风雨双龙剑》《洛阳豪客》《绣带银镖》《雍正与年羹尧》等十几部中篇武侠小说和《落絮飘香》《古城新月》《虞美人》等社会言情小说。

王度庐熟悉新文学和西方现代文化思潮，他的侠情小说多以性格、心理为重心，并在叙述时投入主观情绪，着重于“情”“义”“理”的演绎。“鹤-铁五部”既互有联系又相对独立，达到了通俗武侠文学抒写悲情的现代水平和相当的人性深度，具有“社会悲剧、命运悲剧、性格心理悲剧的综合美感”。他的社会言情小说的艺术感染力也很强，注重营造诗意的氛围，写婚姻恋爱问题，将金钱、地位与爱情构成冲突模式，表现普通人对个性解放、爱情自由和婚姻平等的追求与呼唤。这些作品注重写人，写人性，与“五四”以来“人的文学”思潮是互相呼应的。因此，王度庐也成为通俗文学史乃至整个中国现代文学史研究中绕不过去的作家，被写入不同类型的文学史。许多学者和专家将他及其作品列为重点研究对象。

王度庐所创造的“悲剧侠情”美学风格影响了港台“新派”武侠小说的创作，台湾著名学者叶洪生批校出版的《近代中国武侠小说名著大系》即收录了王度庐的七部作品，并称“他打破了既往‘江湖传奇’（如不肖生）、‘奇幻仙侠’（如还珠楼主）乃至‘武打综艺’（如白羽）各派武侠外在茧衣，而潜入英雄儿女的灵魂深处活动；以近乎白描的‘新文艺’笔法来描写侠骨、柔肠、英雄泪，乃自成‘悲剧侠情’一大家数。爱恨交织，扣人心弦！”台湾著名武侠小说作家古龙曾说，“到了我生命中某一个阶段中，我忽然发现我最喜爱的武侠小说作家竟然是王度庐”。大陆学者张赣生、徐斯年对王度庐的作品进行了大量的整理、发掘和研究工作，并给予了很高的评价。徐斯年称其为“言情圣手，武侠大家”，张赣生则在《王度庐武侠言情小说集》的序言中说：“从中国文学史的全局来看，他的武侠言情小说大大超过了前人所达到的水平”，“他创造了武侠言情小说的完善形态，在这方面，他是开山立派的一代宗师。”

此次出版的《王度庐作品大系》收录了王度庐在不同时期的代表作和有影响力的作品，还收录了至今尚未出版过的新发掘出的作品，包括他早期创作的杂文和小说。此外，为了满足不同领域的读者的需求，此版还附有张赣生先生的序言、已知王度庐小说目录和王度庐年表，以供研究者参考。这次出版得到了王度庐子女的大力支持和密切配合，王度庐之女王芹女士亲自对作品进行了点校。可以说，他们的支持使得《王度庐作品大系》成为王度庐作品最完善、最全面的一次呈现。在此，我们表达最诚挚的谢意。

在编辑过程中，我们依据上海励力出版社，参考报纸连载文本及其他出版社的原始版本，对作品中出现的语病和标点进行了订正；遵循《第一批异形词整理表》（GF1001-2001），对文中的字、词进行了统一校对；并参照《现代汉语大词典》《汉语方言大词典》《北京方言词典》《北京土语辞典》等工具书小心求证，力求保持作品语言的原汁原味。由于编辑水平和时间有限，难免有疏漏之处，敬请广大读者批评指正！

北岳文艺出版社

二〇一五年六月三十日

总　序

王度庐是位曾被遗忘的作家。许多人重新想起他或刚知道他的名字，都可归因于影片《卧虎藏龙》荣获奥斯卡奖的影响。但是，观赏影片替代不了阅读原著，不读小说《卧虎藏龙》（而且必须先看《宝剑金钗》），你就不会知道王度庐与李安的差别。而你若想了解王度庐的“全人”，那又必须尽可能多地阅读他的其他著作。北岳文艺出版社继《宫白羽武侠小说全集》《还珠楼主小说全集》之后推出这套《王度庐作品大系》（以下简称《大系》），对于通俗文学史的研究，可谓功德无量！

王度庐，原名王葆祥，字霄羽，1909年生于北京一个下层旗人家庭。幼年丧父，旧制高小毕业即步入社会，一边谋生，一边自学。十七岁始向《小小日报》投寄侦探小说，随即扩及社会小说、武侠小说。1930年在该报开辟个人专栏《谈天》，日发散文一篇；次年就任该报编辑。八年间，已知发表小说近三十部（篇）。1934年往西安与李丹荃结婚，曾任陕西省教育厅编审室办事员和西安《民意报》编辑。1936年返回北平，继续以卖稿为生，次年赴青岛。青岛沦陷后始用笔名“度庐”，在《青岛新民报》及南京《京报》发表武侠言情小说（同时继续撰写社会小说，署名则用“霄羽”）。十余年间，发表的武侠小说、社会小说达三十余部。1949年赴大连，任大连师范专科学校教员。1953年调到沈阳，任东北实验中学语文教员。“文革”时期，以退休人员身份随夫人“下放”昌图县农村。1977年卒于辽宁铁岭。

早在青年时代，王度庐就接受并阐释过“平民文学”的主张。他的文学思想虽与周作人不尽相同，但在“为人生”这一要点上，二者的观念是基本一致的。

从撰写《红绫枕》（1926年）开始，王度庐的社会小说（当时或又标为“惨情小说”“社会言情小说”）就把笔力集中于揭示社会的不公、人生的惨淡，以及受侮辱、受损害者命运的悲苦。

恋爱和婚姻是“五四”新文学的一大主题。那时新小说里追求婚恋自由的男女主人公面对的阻力主要来自封建家庭和封建礼教，作品多反映“父与子”的冲突——包括对男权的反抗，所以，易卜生笔下的娜拉尤被觉醒的女青年们视为楷模。到了王度庐的笔下，上述冲突转化成了“金钱与爱情”的矛盾。

正如鲁迅所说：娜拉冲出家庭之后，倘若不能自立，摆在面前的出路只有两条——或者堕落，或者“回家”。王度庐则在《虞美人》中写道：“人生”“青春”和“金钱”，“三者之间是相互联系着的”，而在当时的中国社会里，金钱又对一切起着主导性的作用。他所撰写的社会言情小说，深刻淋漓地描绘了“金钱”如何成为社会流行的最高价值观念和唯一价值标准，如何与传统的父权、男权结合而使它们更加无耻，如何导致社会的险恶和人性的异化。

王度庐特别关注女性的命运。他笔下的女主人公多曾追求自立，但是这条道路充满凶险。范菊英（《落絮飘香》）和田二玉（《晚香玉》）付出了生命的代价；虞婉兰（《虞美人》）终于发疯，生不如死。唯有白月梅（《古城新月》）初步实现了自立，但她的前途仍难预料；至于最具“娜拉性格”，而且也更加具备自立条件的祁丽雪，最终选择的出路却是“回家”。

这些故事，可用王度庐自己的两句话加以概括：“财色相欺，优柔自误”（《〈宝剑金钗〉序》）。金钱腐蚀、摧毁了爱情，也使人性发生扭曲。人是“社会关系的总和”，他的社会小说正是通过写人，而使社会的弊端暴露无遗。

在社会小说里，王度庐经常写及具有侠义精神的人物，他们扶弱抗强，甚至不惜舍生以取义。这些人物有的写得很好，如《风尘四杰》里的天桥四杰和《粉墨婵娟》里的方梦渔；有些粗豪角色则写得并不成功，流于概念化，如《红绫枕》里的熊屠户和《虞美人》里的秃头小三。

上述侠义角色与爱情故事里的男女主人公一样，也是现代社会中的弱者。作者不止一次地提示读者，这些侠义人物“应该”生活于古代。这种提示背后隐含着一个问题：现代爱情悲剧里的那些痴男怨女，如果变成身负绝顶武功的侠士和侠女，生活在快意恩仇的古代江湖，他们的故事和命运将会怎样？这个问题化为创作动机，便催生出了王度庐的侠情小说，这里也昭示着它们与作者所撰社会小说的内在联系。

《宝剑金钗》标志着王度庐开始自觉地把撰写社会言情小说的经验融入侠情小说的写作之中，也标志着他自觉创造“现代武侠悲情小说”这一全新样式的开端。此书属于厚积薄发的精品，所以一鸣惊人，奠定了作者成为中国现代武侠悲情小说开山宗师的地位。继而推出的《剑气珠光》《鹤惊昆仑》《卧虎藏龙》《铁骑银瓶》[①]（与《宝剑金钗》合称“鹤—铁五部”）以及《风雨双龙剑》《彩凤银蛇传》《洛阳豪客》《燕市侠伶》等，都可视为王氏现代武侠悲情小说的代表作或佳作。

作为这些爱情故事主人公的侠士、侠女，他们虽然武艺超群，却都是“人”，而不是“超人”。作者没有赋予他们保国救民那样的大任，只让他们为捍卫“爱的权利”而战；但是，“爱的责任”又令他们惶恐、纠结。他们驰骋江湖，所向无敌，必要时也敢以武犯禁，但是面对“庙堂”法制，他们又不得不有所顾忌；他们最终发现，最难战胜的“敌人”竟是“自己”。如果说王度庐的社会小说属于弱者的社会悲剧，那么他的武侠悲情小说则是强者的心灵悲剧。

王度庐是位悲剧意识极为强烈的作家。他说：“美与缺陷原是一个东西。”“向来‘大团圆’的玩意儿总没有‘缺陷美’令人留恋，而且人生本来是一杯苦酒，哪里来的那么些‘完美’的事情？”（《关于鲁海娥之

①这里叙述的是发表次序。按故事时序，则《鹤惊昆仑》为第一部，以下依次为《宝剑金钗》《剑气珠光》《卧虎藏龙》《铁骑银瓶》。

死》)《鹤惊昆仑》和《彩凤银蛇传》里的"缺陷"是女主人公的死亡和男主人公的悲凉;《宝剑金钗》《卧虎藏龙》《铁骑银瓶》里的"缺陷"都不是男女主角的死亡,而是他们内心深处永难平复的创伤;《风雨双龙剑》和《洛阳豪客》则用一抹喜剧性的亮色,来反衬这种悲怆和内心伤痕。

王度庐把侠情小说提升到心理悲剧的境界,为中国武侠小说史做出了一大贡献。正如弗洛伊德所说:"这里,造成痛苦的斗争是在主角的心灵中进行着,这是一个不同冲动之间的斗争,这个斗争的结束绝不是主角的消逝,而是他的一个冲动的消逝。"[①]这个"冲动"虽因主角的"自我克制"而消逝了,但他(她)内心深处的波涛却在继续涌动,以致成为终身遗恨。

李慕白,是王度庐写得最为成功的一个男人。

有人说,李慕白是位集儒、释、道三家人格于一身的大侠;这是该评论者观赏电影《卧虎藏龙》的个人感受。至于小说《宝剑金钗》里的李慕白,他的头上绝无如此"高大上"的绚丽光环——古龙说得好:王度庐笔下的李慕白,无非是个"失意的男人"。

在《宝剑金钗》里,李慕白始终纠结于"情"和"义"的矛盾冲突之中,他最终选择了舍情取义,但所选的"义"中却又渗透着难以言说的"情"。手刃巨奸如囊中取物,李慕白做得非常轻易;但是他却主动伏法,付出的代价极其沉重。他做这些都是自愿的,又都是不自愿的。出发除奸之前,作者让他在安定门城墙下的草地上做了一番内心自剖,这段自剖深刻地展示着他的"失意",这种心态可以概括为三个字——"不甘心"。

在本《大系》所收"早期小说与杂文"卷中,读者可以见到王度庐用笔名"柳今"所写的一篇杂文《憔悴》,其中有段文字,所写心态与上述李慕白的自剖如出一辙。读者还可见到,《红绫枕》里男主角戚雪桥为爱

---

①弗洛伊德:《戏剧中的精神变态人物》,张唤民译,载《二十世纪西方美学名著选》(上),复旦大学出版社,1987,第410页。

人营墓、祭扫时的一段内心独白，其心态又与柳今极其相似。于是，我们看到了王度庐、柳今、戚雪桥（还有一些其他角色，因相关作品残缺而未收入《大系》）与李慕白之间的联系——李慕白的故事，是戚雪桥们的白日梦；戚雪桥、李慕白们的故事，则是柳今、王度庐的白日梦。

不把李慕白这个大侠写成一位“高大上”的“完人”，而把他写成一个“失意的男人”，这是王度庐颠覆传统“侠义叙事”，为中国武侠小说史做出的又一贡献。

玉娇龙，是王度庐写得最为成功的一个女人。

玉娇龙的性格与《古城新月》里的祁丽雪有相似之处，但是她的叛逆精神更加决绝、更加彻底。为了自由的爱情，她舍弃了骨肉的亲情。同时，她也舍弃了贵胄生活，选择了荆棘江湖；舍弃了城市文明，选择了草莽蛮荒。

对玉娇龙来说，最难割舍的是亲情；最难获得的，是理想的婚姻。她发现自己选择罗小虎未免有点莽撞，所以又离开了他。她获得了自由的爱情，却在事实上拒绝了自由的婚姻。这与其说反映着“礼教观念残余”“贵族阶级局限”，不如说是对文化差异的正视。尽管如此，这位“古代娜拉”并未“回家”，而是毅然决然地踏上一条不归路。这条路是悲凉的，同时又是壮美的。

玉娇龙和李慕白都是“跨卷人物”。《剑气珠光》里的李慕白写得不好，因为背离了《宝剑金钗》中业已形成的性格逻辑。《铁骑银瓶》里的玉娇龙则写得很好，她青年时代的浪漫爱情，此时已经升华为伟大的、无私的母爱。她青年时代的梦想，终于在爱子和养女的身上得以成真，但是他们携手归隐时的心态，也与母亲一样充满遗憾。

王度庐的上述成就，都是源于对传统武侠叙事的扬弃，这也使他的武侠悲情小说拥有了现代精神。

王度庐又是一位京旗作家。

清朝定都北京之后，即将内城所居汉人一律迁出，由八旗分驻内城八区。王度庐家住地安门内的“后门里”，属于镶黄旗驻区，其父供职于内务府的上驷院。内务府是一个由满洲上三旗（镶黄、正黄、正白旗）内“从龙包衣”[①]组成的机构，专门管理皇家事务。由此可知，王氏当属编入满洲镶黄旗的“汉姓人”，这一族群不同于“汉人”“汉军”，满人把他们视为同族[②]。

满人崛起于白山黑水之间，性格刚毅尚武，自立自强，粗犷豪放。入关定鼎之后，宴安日久，八旗制度的内在弊端开始呈现，“八旗生计”问题日益突出，以致最终导致严重的存亡危机。王度庐出生时，恰逢取消“铁杆庄稼”（即旗人原本享受的“俸禄”），父亲又早逝，全家陷于接近赤贫的境地。他的早期杂文经常写到“经济的压迫”，“身世的漂泊，学业的荒芜”，疾病的“缠身”，始终无法摆脱“整天奔窝头”的境况。他的许多社会小说及其主人公的经历、心境，也都寄托着同样的身世之感和颓丧情绪。这种刻骨铭心的痛楚，蕴含着当时旗人不可避免的噩运，汉族读者是难以体会这种特殊的苦痛的。

同时，王度庐又十分景仰旗族优秀的民族精神。他的作品，明确书写旗人生活的有十多部；他所塑造的许多旗籍人物身上，都寄托着他对民族精神的追忆和期许。

从这个角度考察玉娇龙，首先令人想到满族的“尊女”传统。满族文史专家关纪新认为，这一传统的形成，至少有四点原因：一、对母系氏族社会的清晰记忆；二、以采集、渔猎为主的传统经济，决定了男女社会分工趋于平等；三、入关之前未经历很多封建化过程；四、旗族少女在理论上都有“选秀入宫”机会，所以家族内部皆以“小姑为大”。[③]玉娇龙那昂扬的生命力，正是满族少女普遍性格的文学升华。《宝刀飞》可能是第一部把入宫前的慈禧，作为一位纯真、浪漫而又不无“野心”的旗族姑娘加以描绘的小说。作者以“正笔”书写入宫前的她，用“侧笔”续写成为“西宫娘娘”之后的她，沉重的历史

---

①“包衣”，满语，意为“家里人”，在一定语境下也指“世仆”“仆役”；“从龙”，指从其祖先开始就归皇帝亲领。王度庐在一份手写的简历里说：父亲在清宫一个“管理车马的机构”任小职员，这个机构当即内务府所属之上驷院。

②按：“满人”专指满族；“旗人”这一概念则涵括满洲、蒙古、汉军三个八旗的所有成员，其内涵大于“满人”。

③参阅关纪新：《多元背景下的一种阅读——满族文学与文化论稿》，辽宁民族出版社，2013，第219页。

感里蕴含几分惋惜，情感上极具“旗族特色”。

在《宝剑金钗》和《卧虎藏龙》里，德啸峰虽非主人公，却可视为旗籍“贵胄之侠”的典型。他沉稳、老练，善于谋划，善于掌控全局，比李慕白更加“拿得起、放得下”。他的身上比较完整地体现着金启孮所说京城旗人游侠的三个特征：一、凌强而不欺下，一般人对他们没有什么恶感。二、多在八旗人居住的内城活动，没什么民族矛盾的辫子可抓。三、偶或触犯权势，但不具备“大逆不道”的证据，故多默默无闻。[①]铁贝勒、邱广超和《彩凤银蛇传》里的谢慰臣都属此类人物。

进入民国之后，由于政治、经济原因，京中旗人的精神状态呈现更趋萎靡甚至堕落之势（《晚香玉》里的田迂子即为典型），但是王度庐从闾巷之中找到了民族精神的正面传承。《风尘四杰》实际写了五个“闾巷之侠”——那位“有学有品而穷光蛋”[②]的“我”，也算一个“不武之侠”。作者清楚地认识到：虽然早非“侠的时代”，但是天桥“四杰”[③]身上那种捍卫正义，向善疾恶，刚健、豁达、坚韧、仗义、乐观的民族精神，却是值得弘扬光大的。这已不仅仅是对旗族的期许，更是对重振中华民族传统美德的期许。

凡是旗人，都无法回避对于清王朝的评价。王度庐在杂文里认为，“大清国歇业，溥掌柜回老家”[④]乃是历史的必然，人民期盼的是真正实现“五族共和”。他更在两部算不上杰作的小说中，以传奇笔法描绘了两位清朝“盛世圣君”的形象。《雍正与年羹尧》里的胤祯既胸怀雄才大略，又善施阴谋诡计。他利用“江南八侠”的“复明”活动实现自己夺嫡、登基的计划，又在目的达到之后断然剪除“八侠”势力。但是，他对汉族的“复明”意志及其能量日夜心怀惕惧，以至“留下密旨，劝他的儿子登基以后，要相机行事，而使全国

①参阅关纪新：《老舍与满族文化》，辽宁民族出版社，2008，第80页。

②语见王度庐早期杂文《中等人》，原载于北平《小小日报》1930年4月5日“谈天”栏，署名“柳今”。

③民国初年，“天坛附近的天桥大多数的女艺人、说书人、算命打卦者都是满人”。转引自关纪新：《老舍与满族文化》，辽宁民族出版社，2008，第122页。

④语见王度庐早期杂文《小算盘》，原载于《小小日报》1930年5月20日“谈天”栏，署名“柳今”。

恢复汉家的衣冠”。书中还有一位不起眼的小角色——跟着胤祯闯荡江湖的“小常随”，他与八侠相交甚密，又很忠于胤祯。“两边都要报恩”的尖锐矛盾，导致他最终撞墙而殉。作者展示的绝不限于“义气”，这里更加突出表现的是对汉族的负疚感和对民族杀伐史的深沉痛楚。王度庐对历史的反思已经出离于本民族的“兴亡得失”，上升为一种“超民族”的普世人文关怀。《金刚玉宝剑》中的乾隆，则被写成一个孤独落寞的衰朽老人，这一形象同样透露着作者的上述历史观。

满族入关后吸收汉族文化，“尚武”精神转向“重文”，涌现出了纳兰性德、曹雪芹、文康等杰出满族作家，其中对王度庐影响最大的是纳兰性德。“摇落后，清吹那堪听。淅沥暗飘金井叶，乍闻风定又钟声。”[①]纳兰词的凄美色调，融入北京城的扑面柳絮和戈壁滩的漫天风沙，形成了王度庐小说特有的悲怆风格。

旗人的生活文化是“雅”“俗”相融的，王度庐继承着旗族的两大爱好：鼓词（又称“子弟书”“落子”）和京剧。他十七岁时写的小说《红绫枕》，叙述的就是鼓姬命运，其中还插有自创的几首凄美鼓词。至于京剧，据不完全统计，仅在《落絮飘香》《古城新月》《晚香玉》《虞美人》《粉墨婵娟》《风尘四杰》《寒梅曲》七部小说中，写及的剧目已达九十六折[②]之多！作为小说叙事的有机内涵，王度庐写及昆曲、秦腔、梆子与京剧的关系，“京朝派”（即京派）与“外江派”（即海派）的异同，“京、海之争”和“京、海互补”，票社活动及其排场，非科班出身的伶人、票友如何学戏，戏班师傅和剧评家如何为新演员策划“打炮戏”，各色人等观剧时的移情心理和审美思维……他笔下的伶人、票友对京剧的热爱是超功利的，而她（他）们的社会角色和物质生活则是极功利的——唯美的精神追求与惨淡的现实生活构成鲜明反差，映射着

---

①纳兰性德：《忆江南》——当年王度庐与李丹荃相爱，曾赠以《纳兰词》一册，李丹荃女士七十余岁时犹能背诵这首词。

②由于现存《虞美人》和《寒梅曲》文本均不完整，所以这一数字是不完整的。而未列入统计对象的《宝剑金钗》《燕市侠伶》等作品中，也常含有京剧演出、观赏等情节，涉及剧目亦复不少。

人性的本真、复杂和异化。他又善于利用剧情渲染故事情节和人物情感，例如《粉墨婵娟》中，凭借《薛礼叹月》和《太真外传》两段唱词，抒发女主人公不同情境下的不同心绪，展示着“戏如人生、人生如戏”的微妙契合，极大地增强了小说的诗意。

入关以后，旗人皆认“京师”为故乡，京旗文学自以“京味儿”为特色。王度庐的小说描绘北京地理风貌极其准确，所述地名——包括城门、街衢、胡同、集市、苑囿、交通路线等等，几乎均可在相应时期的地图上得到印证。《宝剑金钗》《卧虎藏龙》主人公的活动空间广阔，书中展示清代中期北京的地理风貌相当宏观，又非常精细。玉娇龙之父为九门提督，府邸位置有据可查，作者由此设计出铁贝勒、德啸峰、邱广超府第位置，决定了以内城正黄旗、镶黄旗（兼及正红旗、正白旗）驻区为“贵胄之侠”的主要活动区域。李慕白等为江湖人，则决定了以“外城”即南城为其主要活动区域。两类侠者的行动则把上述区域连接起来，并且扩及全城和郊县。《落絮飘香》《古城新月》《晚香玉》《虞美人》等社会小说中，主人公的活动空间相对狭小，所以每部作品侧重展示的是民国时期北平城的某一局部区域：或以海淀—东单—宣内为主，或以西城丰盛地区—东单王府井地区为主，等等。拼合起来，也是一幅接近完整的“北平地图”。上述小说之间所写地域又常出现重合，而以鼓楼大街、地安门一带的重合率为最高。作者故居所在地“后门里”恰在这一区域，在不同的作品里，它被分别设置为丐头、暗娼等的住地。这里反映着作者内心深处存在一个“后门里情结”，他把此地写成天子脚下、富贵乡边的一个小小“贫困点”，既体现着平民主义的观念，又是一种带有幽默意味的自嘲。

王度庐小说里的“北京文化地图”，是“地景”与“时景”的融合，所以是立体的、动态的。这里的“时景”，指一定地域中人们的生活形态，包括节俗、风习。无论是妙峰山的香市、白云观的庙会、旗族的婚礼仪仗、富贵人家的大出丧、“残灯末庙”时的祭祖和年夜饭、北海中元节的“烧法船”，乃至京旗人家的衣食住行，王度庐都描写得有声有色，细致生动。这些“时景”与故事情节融为一体，成为展示人物性格、心理的重要手段；同时也颇具独立的民俗学价值。王度庐在小说里常将富贵繁华区的灯红酒绿与平民集市里的杂乱喧闹加以对比，而对后者的描绘和评论尤具特色。例如，《风尘四杰》里是这样介绍天桥的："天桥，的确景物很多，让你百看不厌。人乱而事杂，技艺丛集，藏龙卧虎，新旧并列。是时代的渣滓与生计的艰辛交织成了这个地方，在无情的大风里，秽土的弥漫中，令你啼笑皆非。"他笔下的天桥图景，喷发着故都世俗社会沸沸扬扬的活力和生机，嘈杂喧嚣而又暗藏同一的内在律动；它与内城里的"皇气""官气"保持着疏离，却又沾染着前者的几分闲散和慵懒。这又是一种十分浓厚、相当典型的"京味儿"！

"京味儿"当然离不开"京腔"。王度庐的语言大致是由两部分组成的：叙事以及文化程度较高角色的口语，用的是"标准变体"，即经过"标准化处理"的北京话，近似如今的"普通话"；底层人物的语言，则多用地道的北京土语，词汇、语法都有浓厚的地域特色，比一般的"京片儿"还要"土"。故在"拙""朴"方面，他比一些京派作家显得更加突出。

由于众所周知的原因，王度庐的作品散佚严重，这部《大系》编入了至今保存完整或相对完整的小说二十余种，另有一卷专收早期小说和杂文。

笔者认为，1949年前促使王度庐奋力写作的动力当有三种：一曰"舒愤懑"；二曰"为人生"；三曰"奔窝头"。三者结合得好，或前二者起主要作用时，写出来的作品质量都高或较高；而当"第三动力"起主要作用时，写出来的作品往往难免粗糙、随意。当然，写熟悉的题材时，质量一般也高或较高，否则，虽欲"舒愤懑""为人生"，也难以得到理想的效果。是否如此，还请读者评判、指正。

徐斯年

二〇一四年十一月于姑苏香滨水岸

凡 例

1.《落絮飘香》

1939 年 4 月至 1940 年 2 月连载于《青岛新民报》,署名“霄羽”。1948 年 9 月由上海励力出版社印行单行本,分为 4 册:《落絮飘香》《琼楼春情》《朝露相思》《翠陌归人》。本版恢复为一册,据单行本排印。

2.《古城新月》

1940 年 2 月至 1941 年 4 月连载于《青岛新民报》,署名“霄羽”。1948 年至 1950 年由上海励力出版社印行单行本,分为四册:《朱门绮梦》《小巷娇梅》《碧海狂涛》《古城新月》。本版恢复为一册,据单行本排印。

3.《海上虹霞》

1941 年 4 月至 8 月连载于《青岛新民报》,署名“霄羽”。1949 年由上海励力出版社印行单行本,分为两册:《海上虹霞》《灵魂之锁》。本版恢复为一册,据单行本排印。

4.《晚香玉》

1947 年 5 月至 1948 年 1 月连载于《青岛时报》,署名“绿芜”。1948 年由上海励力出版社印行单行本,分为两册:《绮市芳葩》《寒波玉蕊》。本版恢复原名,据单行本排印。

5.《粉墨婵娟》

1948年2月至7月连载于《青岛时报》,署名“绿芜”。1948年由上海元昌印书馆印行单行本,分为两册:《粉墨婵娟》《霞梦离魂》。本版恢复为一册,据单行本排印。

6.《风尘四杰·香山侠女》

《风尘四杰》,1948年2月起,连载于《岛声旬刊》,署名“佩侠”。1949年由上海励力出版社出版单行本。本版据单行本排印。

《香山侠女》,1949年由上海励力出版社出版单行本,未见连载。本版据单行本排印。

目录

第一回　厂甸游春梦魂牵丽影
小家聚宴感慨系歌台

北平的“厂甸”是个很有名的地方，这个地方本名“琉璃厂”。大概北平的那些宫殿上面的五颜六色美丽而名贵的琉璃瓦，就都是在这里烧的，后来这里可成了街市，两旁的铺户，都是笔铺、南纸店、墨盒铺、古书铺、古画古玩店、书局等等，这里是文化的中心，附近还有许多家的报馆。

中间是“海王村公园”，其实说是公园，毋宁说是商场，并且还是“文化商场”。除了上述的那些与文化有关的营业之外，便是照相馆了，门前挂着当代伟人与名伶的特别放大的相片，此外可以说绝没有别的铺子，没有米粮店，也没有酱园。这里只给人一些“精神的食粮”，所以来游的人多半是些文人墨客、名流学者，很少有伧夫俗人，更没有妖艳的女人。可是一到了“新年”——旧历的新年，这里就顿然与往日不同，而成为人山人海、万头攒动、车马喧嗔、市声嘈杂、绿女红男、盯梢掏包、哭爹喊娘、丢鞋失帽……的一片热闹场所。

为什么呢？这是因为每年新正初一至十五，这里有临时的集市，也可以说是“年会”，人都来逛来了。其实是没有什么可逛的，方梦渔他偏说有“可逛的”。

方梦渔是上海人，北平他已来过了许多次，可总没赶上新春逛厂甸，这次，他是来到北平在《繁华报》做副刊的编辑，这次住的最长时间，去年秋天来的，赏过西山的红叶，度了一冬。他也饱赏了这古都的吹得人能发僵的“哨子风”，然而他觉得北平有趣味。他连日在报上的副刊写“杂感”，也有了些文名，又交了不少各界朋友。如今，腊尽春回，使他穿着皮袄感觉有点发痒，他又是独身，正年轻，在这新年里，别人都是一家欢乐，独有他是异乡作客，形影孤单，而十分无聊。

满城的人都在集中兴趣过这新年，所以他在副刊上作的那些文笔泼辣且富趣味的文章，也仿佛没人看了，同时他也感觉到材料枯竭，他得出去找一找，逛逛厂甸吧，离着又近。

于是他就步行着去了。琉璃厂这条街，车就塞挤得水泄不通，汽车倒跟在洋车屁股后头，“嘟嘟嘟”洋车也听不见，照旧不挪一步，人想溜过去也很难，幸仗方梦渔是在上海挤惯了的，所以他有办法，他专找空隙，登上了笔铺的台阶，走几步再跳下去；由一辆洋车的轮子边擦过去，再跳到古玩铺的台阶上，走几步再下去，下来走几步再上去。如此他就到了厂甸——即是平常的海王村公园。

这里果然改了样，不知从哪里来了许多小贩，有的卖凉糕，有的卖带汤加糖的煮豌豆，还有除了“老北平”别处的人全都喝不惯的那种酸味的“豆汁粥”。更有“应节”的新玩具，风筝：五尺多高的“沙燕”“鲇鱼”“蜈蚣”“鹞子”“哪吒闹海”，用纸和竹做的全都十分精美，挂满了墙；有抖起来“嗡嗡”响的空竹；还有用纸和秫秸做的上面嵌着小锣小鼓的风车。“大糖葫芦”，即糖山楂葫芦，又名曰“糖球”，每支都是一大串，比人还高。平时连花草也没有的海王村公园里，现在已搭设起许多家露天茶馆，他可是四面都被人挤住了，他在上海学的挤法，都有点行不开了。挤来挤去，他挤出了这公园的旁门，却又看见了许多座席棚，他进去一看，棚里四壁都挂着标卖的名人字画，他对这个外行，稍稍一看，便走出去了，再不进第二个棚。他只是又去挤，他感觉出趣味来了，觉着这个地方“可逛”，是因为人多才可逛，于是他就同时被人挤着，同时注意地看着人。

他看见个老太太，唉声叹气说：“早知道这么挤，我不来，咳！你们行行好吧！别挤我啦！”又看见个挤丢了孩子的妇人，两眼都急得直了，大声喊着说：“小五儿！小五儿！……”看见个大姑娘尖声儿说：“哎哟！你踩我的鞋干吗？缺德！”自然有些年轻人还说：“挤呀，挤呀！”故意地挤，他们这种恶意的挤，也是有目的的。方梦渔看明白了，因为来这里逛的人，女性很多，而且这些女性不仅有坐着汽车来的富家太太和小姐，中资家庭的妇女，或小家的姑娘，占多数的还是服装特别的，可是不知是什么人。

那穿着粉红大衣的嘴唇抹得特别红，脸上胭脂擦得特别多，头发烫得特别乱，身后永远跟着个缠足的老妈，方梦渔就知道是“青楼人物”；因为这旧历年，她们也放假，所以出来玩，并还寻找她们的熟客，以便请到她们的“香巢”，请那位“客”多多“开盘”。还有衣服不大整齐、说“摩登”而又不完全“摩登”，这大概是“女招待”了；北平有女招待的小饭铺到了新年照例休业。还有……方梦渔忽然看见了一个穿得很单的“雄赳赳”的少女，他可真猜不出是个干什么的。

这少女就在他的对面，虽然隔着好几个人，然而他看得真。头发没烫，也不太长，好像是个女学生，但又眉飞色舞的，跟同行的一个五十多岁的妇人摇头摆脑地说话，又不似一般女学生所有的那种“安稳”。她穿的只是一件薄毛绒的藏青外套，里边是浅绿色的绸夹旗袍，她可真不怕冷，虽说天有点暖了，但地下还结着冰，北平的春天没有这么早，至少也还得穿棉的，她却就先“换季”了。

她的态度是很昂然而毫不畏缩的，挤吧，她就抡着两只胳臂挤，就像是赵子龙大战长坂坡，一霎时就杀出了重围，把她保护的那位妇人救了出去，谁也挤不着她了，她真行！她也许是什么篮球队的女运动员，还许得过“银盾”，方梦渔赶紧回头去看她，看见她穿着丝袜子很强壮的两条腿。但，她并不是男子型的女人，她的身体是很窈窕的，相当的高，而曲线匀称，她的面貌，还是个女人，并且是柳眉杏眼那种古典的美貌女人，她的年纪不过二十上下。

方梦渔有点发呆，赶紧转回身，挤出人群去追这女子。追到女子身后约两三步，他可就站住了，人家也站住了，人家在买空竹，这种空竹原是竹制的，两边是圆形，当中短短粗粗的一根横梁，用两根“六道根”的细棍拴着长线来抖它，就由那圆形的两个东西上面特凿出的小孔里震荡着空气，而发出嗡嗡的响声。这并不是容易抖的，非经过练习不可，并且非得双臂有点力气不可，否则根本抖不起，就得落在地上，更不用希望它发出什么响声。如今这个女子竟要买这种难学的玩意，可见她是会了，这原是半大小子才喜欢玩的玩意，她一个曼妙窈窕的少女喜好这个，可是有点令人不解，当下她就叫那卖空竹的人试着抖了半天，围上了好些旁观的人，她又争了半天的价钱，结果拿着走了，她那美丽的面庞浮上喜欢之色，还跳了一跳，跟随行的那老妇人说了几句话，她们就往南去了。及至方梦渔再跟上去，她们已经上了两辆洋车。

方梦渔本想也叫一辆车，紧跟着去走，看她到底在哪儿住，她到底是个干什么的，但究竟这种无聊的举动，他一个年纪近三旬的人，是不愿意做了。然而，他两眼直直地望着那走了的女子的背影，他觉得这女子真吸引着他，这是他自己亦不明白的。

又逛了一会，可就没有刚才那么大的兴趣了，更仿佛没有力气再去挤了，天也晚了。比较阔的游人们都雇了车回家，洋车上带着大糖山楂葫芦，还有那风车随着寒冷的晚风乱转，连带着上面的小锣小鼓也乱响，夕阳向天边抹了一块胭脂，又抹了一块墨。他也觉着冷了，就走回报馆去。

一个人若是偶然遇着了一个异性，虽未交谈，可是对方给他的印象就很深，这对方必定是有什么特点，投到他的爱好上了。方梦渔现在职业已经稳定，经济方面可以维持一人以上的生活，所以他早就预备物色个对象了。他还想要个美貌的太太，他眼中的女性美不是浓眉大眼的“粗线美”，也不是高鼻凹目那种“西方美”，他要东方的古典美。可也别像林黛玉，那得陪着个药房；也不要娇小玲珑，叫人看着好像“春香”；要柳眉杏眼，可别显出“小气”；更不可带着呆气，要健康可别粗笨，要活泼又别风骚。女学生他是娶不起，没受过教育的，他又不要，他曾买些个书报，专注意“女士”们的相片，他更搜集了不少坤伶的小影，他不是没有中意的人，他只是无缘接近和没有勇气去追求，如今，他又深深懊悔失去了一个机会。

第二天他把胡子刮得干干净净，特地换上了一件新大褂，又去到厂甸挤了半天，并到每一个空竹的摊子前徘徊了多时。他希望那女子再来，或是因为空竹拿回去不响而来换，或是一个空竹不够玩，而再来买一个空竹，但这都不是不可能的，总也没有看见那女子的影子。那影子真不知现在何处，然而深深地系着他的心。

他又回到报馆里，就按着“特写”的体裁，写了一篇“厂甸印象”，特别地写出来那个穿着春装、买了一只空竹的健美女子，自以为写得不错，第二天登在报上，然而谁知道叫她看见了没有？她认识不认识字，还是个问题。

他的理智不叫他做此无聊之想，他的感情却“欲罢不能”。他有时独自坐着就出神，有时又提笔写错了字，他深觉着苦恼了。尤其是同事中的张先生问他：“对象找得怎么样了？”这常叫他脸红，他的心里想承认：“对象我已有了。”可是事实上他实在找不着。

那女子给他的印象，在他的脑里总是消磨不掉，过了两个多月，他有时一想起来，仍是宛然在眼前，他想：天渐暖了，她应当早就预备着换夏装了吧？走在路上，他比往常更喜欢注意看女人，他梦想着能够再跟那女子走个碰头，但是，总也没有碰见，他不由得有点惆怅。他常常经过厂甸，这地方可一点也没有旧历新年时候那样的热闹了，除了原有的铺子，什么也没有了，卖空竹的更没有了。

有一天，他为他的职务给他编的副刊拉稿子，去拜访一位署名叫“亦禅”的姓冯的剧评家，这冯亦禅住在厂甸迤北，和平门里，住的是个杂院，方梦渔到了院里，跟一个满头是疮的小孩子一打听，小孩子就指了指北屋。这是三间正房，大概是一明两暗，窗户上全有灯光。走近前弹了弹门，问说："冯先生在家吗?"里边是女人声儿问说："谁呀?"方梦渔说："我姓方，是《繁华报》的。"屋里的女人没再言语，大概是进里间"传达"去了。待了一会，冯亦禅嘴里嚼着饭就跑出来了，拉着他的胳臂就往里让，连说："请进来坐！请进来坐！对不起！前天你叫人来要稿子，赶上我没工夫，绮艳花行拜师礼，请我去座席，我也没先写下一篇，我就知道你一定得亲自出马来要。"

方梦渔进了屋，见这外屋，倒是一个人也没有，两个里间全都垂着花条布的帘子；东里间灯光影影绰绰的，仿佛有几个人影，西里间却在炒什么菜。方梦渔就说："冯先生请先吃饭吧，我来没有什么事。"冯亦禅嘴里还在嚼着东西，他只穿着肥大的系着腿带的棉裤，和袖头都破了的短皮袄，说："那么你就先坐着，我再扒拉两口饭，出来咱们再谈话。——蓉贞，拿烟卷来!"他把他的女儿叫出来了。

方梦渔一看，他这个女儿年纪也有十八九岁，长得又黄又瘦，人也不爱说话，拿着一盒里边大概只剩了两支的"哈德门"，就给放在桌上，方梦渔连连地点头说；"不客气！不客气!"冯亦禅又说："既不客气，你可就坐会儿，我再吃几口就来。"说着，他同他的女儿就都走进东里间去了。

方梦渔觉着自己今天来得不凑巧，看这样子，现在一定是有客人在这儿吃饭，大概还许是谈商什么事情。冯亦禅的交际很广，尤其梨园行里，差不多他全认识，今天可不知道是请谁，我在这儿实在不便。他本想再跟冯亦禅说几句话就走，他所要说的也不过就是："我们的副刊很欢迎剧评的稿子，这就不必细说了。在北平要办报，副刊上没点剧评，是不会销路好的；所以得请冯先生每天写上一篇，稿费到月底一定派人送上，总比别人优厚一些。"然而，这么几句话，他就没有法子把冯亦禅叫出来说明，他也不好意思隔着门帘跟人家说话，因为人家正在吃饭。他有点坐不住，桌上是光有烟而没有"洋火"，又有点冷，虽然看着壁上挂着不少名伶、坤伶赠送的照片，上题着：“亦禅先生惠存”，或题着“义父大人惠存”，有戏装的，有便装的，可也破不了岑寂。

电灯发着黄光，东里间的灯倒还亮。西里间是炒完了一样菜，又炒一样菜，气味还很香的，这一定是冯太太在掌勺了，想不到剧评家的太太还是一位庖厨老手。冯姑娘是往来端菜送菜，由方梦渔的眼前走过了两次。方梦渔就想：他们这顿饭，吃完恐怕还早呢！我来得真不是时候！忽然间，冯亦禅又由东里间走出，先把嘴里的东西咽下去，就说：“可真对不起！今天是约了两位姑娘在我这儿吃饭，本来对不住，应当让让你，可是你刚才来的时候，我们就已经动了筷子……”方梦渔赶紧摆手说：“不用客气！我已经吃过饭了！”冯亦禅点点头又说：“我不是要请你吃饭，是现今来到我这儿的两位姑娘，听说你是大名鼎鼎的《繁华报》的方编辑，都想要拜会拜会你！”方梦渔有点发怔，笑着说：“这恐怕不方便吧？”冯亦禅说：“有什么不方便呢？都是自己人。”他说话的时候，东里间的门帘一掀，两位客，两位年轻的姑娘，都已走出来了。

方梦渔一看，就十分惊讶，同时也异常地欢喜，因为走出来的一个娇小玲珑的女子，他认识是时下著名的坤伶绮艳花，她的相片，不但这屋里挂着好几张，各照相馆门口也大都挂着，各画报上也常见。她现今烫着长长的卷发，穿的是紫红色的衣裳，现出酒窝笑一笑，向方梦渔点一点头，冯亦禅说：“这不必介绍了，这是绮艳花。”那后出来的另一女子，方梦渔其实更认识，原来就是新年在厂甸遇见的，那个多日来叫他遐思、幻想的女子。冯亦禅说：“这可得介绍介绍了，这也算是我的干女儿魏大姑娘魏芳霞。”芳霞也向方梦渔笑笑，她的笑，据方梦渔来看，是比绮艳花更为妩媚动人。她穿的是一件绿色的方格布旗袍，虽是夹的，可里边衬的衣裳一定是很少，所以还显得十分单薄，又紧又瘦，愈显出身段儿窈窕而健美。她的头发可是不太长，仍旧没有烫，脸上大概擦了一点胭脂，可没抹红嘴唇，不像绮艳花的嘴，抹得比原来的嘴几乎大一倍，而且像个蝙蝠，不像是嘴了。那不好看，还是魏芳霞好看，她这个名字也好听。不过，猜想了多日的这个女子，原来……还用说吗？一定也是个坤伶了，这使方梦渔好像有点失望，然而也不全是失望。

坤伶和一般女子相比，有一样好处，就是大方。绮艳花是很大方的，她说："方先生！我可真久仰大名啦！您写的小说我就爱看。"方梦渔心说：我几时会写过小说？冯亦禅说："都请到里屋来吧！可别嫌我这个地方儿窄。"于是，方梦渔被两位坤伶让到了里屋，这里有个火炉，又暖，灯又亮，八仙桌上摆着什么红烧肉、炒鸡蛋、韭黄炒肉丝、粉条炒菠菜，还有两盘小肚、腊肠、酱肉等等，原来今天他们是吃春饼，也有米饭，倒很齐全的。方梦渔说："我可真是吃过饭了。"冯亦禅说："家常便饭，我们请你又是不成敬意，因为是自己人，才让你来赶热闹，你要是客气就不对了！"又向他的女儿蓉贞悄声地说："去叫你妈，再炒几个鸡子来。还有什么别的菜，再凑一凑！饼倒是快点烙呀！"方梦渔摆手说："千万不要再叫姑娘忙！我真是已经吃过了！"冯亦禅说："你吃过也得再找补点，你一定爱吃米饭，跟我一样。我倒不是南方人，我是因为牙口不好，镶假牙儿镶不起，天天就这么对付着，这儿没有外人，一个是我亲女儿，这两个是我干女儿，你又是老长辈。请上坐！请上坐，那儿靠着炉，暖和！"绮艳花又给他斟酒，笑着说："方先生以后可得多指导呀！"冯亦禅说："你听见了没有，以后我送去的关于她的稿子，你要是不给用大字标题，那可是不行！"方梦渔笑着说："我对于戏剧可真是门外汉，连戏都不常听。"

绮艳花说："等我从上海回来时，我要再演出，一定给方先生在前三排永远留下个座儿，好请您指导！"方梦渔说："绮小姐真是要到上海去演出吗？"绮艳花得意地笑着，点头说："对啦！我前天拜的师，是我干爹的面子，为是叫陈老板提拔我，借重陈老板的名声，先到上海去闯一闯，我是头一回出外演唱，真胆怯！还不知道这回是露脸还是现眼呢！"方梦渔笑着说："一定是载誉而归，没有问题的。我在那儿有两位朋友，我可以写信请他们照应照应，他们一定能够帮忙。"绮艳花跳一跳，笑着说："这可好极啦！我今儿真遇见贵人啦！连我干爹都不放心，因为我到那儿是人地两生。”方梦渔说：“我今天回去就写信，并且叫他们把你在那儿演出的消息寄来，在我编的副刊上登。”绮艳花拍着手说：“哎呀，这可真好！”方梦渔又问说：“这位魏小姐，也跟着到上海去吗？”

他说出来这“跟着”两个字自己不禁有点后悔，恐怕魏芳霞要不愿意的，“魏芳霞”这名字虽然很生疏，或者是个“底包”的角色，可是也不应说她是“跟着”去呀！那可成了“跟包”的啦，于是他就带着笑向芳霞去看。

魏芳霞已经显出点不愿意的样子来了，在对面坐着默默地不语，方梦渔这样一问，她突然的脸红，十分难为情又感伤的样子。冯亦禅说：“她早就不登台啦。”方梦渔听了，不由得一怔，绮艳花在旁说：“她早先是唱武生的，可是……”她的话还没有说完，魏芳霞就顿脚，摇动得凳子都直响，着急地说：“干吗呀！就是你知道？见了人就得把我的事，背一大套……”

她瞪着绮艳花，绮艳花就不敢再往下说了，只是笑着，说：“人家是跳出戏剧圈儿了，就不愿意再叫别人提了！”

方梦渔又有一点发怔，他想：“魏芳霞”这么一个美丽的名字，这样美丽的女子，怎么是唱过“武生”的呢？她一定扮过赵云、黄天霸，还许扮过孙悟空呢。她一定会“打旋子”“摔髁子”，会唱“多蒙寨主宽宏量”。可是她为什么不跟绮艳花一样地唱“花衫”呢，以她这样的美丽、窈窕，要是唱《霸王别姬》扮虞姬，得有多么好？她别扮霸王呀！虽然她现在已经不唱了，可是过去，她在戏台上，也确实“煞风景”，令人真不明白，真可惜！

冯亦禅一边夹着那红炖肉佐着饭吃，一边说：“唱戏，也是今昔不同了！早先有坤班，扮老生、武生、小丑，甚至于扮大花脸的，都是女的。自从男女合演，差不多坤伶只能唱旦，坤老生还有一两个，谁还能再看见女伶唱《挑滑车》？芳霞十二岁就学武生，十三岁就登台，别看她是个姑娘，靠背、短打全都行！唱《捉拿花蝴蝶》，能够从三层桌子上翻下来，唱《翠屏山》要真刀。真红过两年，现在可受了淘汰了!”他说这话时，那魏芳霞已经低下了头。

方梦渔不禁从心底发出了深深地同情，想要安慰安慰魏芳霞，但是可用什么话去安慰她呀？而且安慰也是无用呀！时代是无情的，在旧剧舞台的演进之下，使她已无“英雄用武”之地，这是只堪令人惋叹而没法子补救的。

当日，因为这件事，使得方梦渔心里很不痛快，然而他更认识了魏芳霞，爱慕的心加上了怜惜，回到报馆，他在灯下，立刻就写了一篇关于这事的“杂感”，他的笔锋几乎要和泪而写了。

第二回　驿站送名伶又生惆怅
香闺谈闲话再引猜疑

第三天中午，冯亦禅带着绮艳花来到报馆，向方梦渔来辞行。说是行李都打好了，今天晚上七点钟就跟着上海来的“邀角儿的”一块儿走。方梦渔说：“对不起！信我可还没有写，等到晚上我把信送到车站好了。”绮艳花笑着说：“那可不敢当！这么着吧，待会儿您要有工夫，请您把信写了，我打发人来取。”冯亦禅却说：“算了吧！你那边又有几个人？今天谁不得安一安家？还得购办北京出产的东西，预备到了那儿送礼。谁有工夫来这儿取信？再说，拿笔杆儿的人你别看一下笔就是几千字，可是要催着他当时就写几封介绍信，先得跟朋友套一阵寒暄，那可真难。索性叫他慢慢地写吧，晚上他要有工夫，他就到车站去一趟，没有关系，反正他不送行也得捧场。都是自己人，用不着客气，方先生今天要是没把信写好，将来直接寄去也行。反正大概方梦渔的名字，到上海一提说，也得有不少人知道。”方梦渔笑了笑，说：“晚上我一定要到车站去的，我没什么礼物，带去那几封信，也就算是礼物啦。”

绮艳花欢喜得笑了笑，便站起来向冯亦禅说：“干爹，咱们不是还要到别处去吗？”冯亦禅说：“对啦！对啦！那么，梦渔，咱们晚上在车站见吧！”绮艳花又向方梦渔鞠躬。他们是行色匆匆，刚出了门，冯亦禅又跑回来，拿忘在桌上的手套。方梦渔送到门首，眼见他们都坐上洋车，随走还随回头，绮艳花在车上还笑着说："方先生您回去吧！"

方梦渔回到他的编辑室，心里感觉有点怅怅然的。这半天，没有谈到一句关于魏芳霞的话，今天晚上她倒是去不去车站送呀？这我可得猜一猜。于是他就在心里猜着：大概吗，魏芳霞虽是已经跳出了"戏剧圈"，但是如今人家是"一帆风顺"，到上海出台去了，将来准是"名利兼收"，她呢？没有人请她一个"坤角"去演黄天霸，她能够不伤心吗？她也无颜呀！我猜她一定不去，不信打赌！……当下他就自己跟自己打着赌，发呆了半天，好在这时的编辑室里只有他一个人。他就自言自语地待了会，就开始写信：

今有北平坤伶名旦绮艳花，应邀赴沪献技，恳请吾兄多为关照，对伊艺事，并予多多宣扬，余容面谢……

他写着这个，真觉着大不带劲，因为"戏剧圈"里已经没有了那风姿清俊的魏芳霞，捧别人，干吗呀？

发了副刊的稿子，天就晚了。照例，打电话叫小饭铺送来鸡蛋炒饭，就算用毕了他的晚餐，及至那位编"本市新闻"的廖先生来上班，却到了他下班的时候，他拿着那几封信就直奔"前门"去了。原来车站上的那被认为最准确的大表，已经指到了六点三刻，他赶紧忙忙地去挤着买了一张月台票，人可真多，他简直又想起新年在厂甸的情景了。挤着挤着，挤进了头二等的月台，这里停着一大列车，车头在前边直大声地"喘气"，他也不知绮艳花是在哪儿啦，他往车里看，车里除了灯光，就是乱动的人头。送行的人也来了不少，他屡次撞在人的身上，这时就听有人喊着说："方先生！方先生！……这不是方先生吗？……"他一看，赶紧站住了脚，心里却说：得！我可跟我自己打赌输了。

魏芳霞大概是早就来了，她披着银灰色的大衣，很活泼地跑过来，笑着说："车都快开啦！艳花她直着急啦，就等着您！"方梦渔直喘气，笑着直说："对不起！"

他被芳霞带着上了头等车，这车厢里还有别的客人，也不知道都是谁，他只认得冯亦禅，冯亦禅迎头对他笑着说："我就猜你绝对不会失信，信都写好了没有？"方梦渔说："都写好了。"冯亦禅赶紧接过去，嘱咐绮艳花把信带好了。绮艳花当时又笑着，鞠躬说："谢谢您啦！"

绮艳花跟她的几个别的男女朋友说了半天话，突又转向方梦渔说："哎哟！我还忘了一件事！前天我新照的几张戏装照片，今天下午才洗好，我也没给您送去；倒是带了十几份，可都在箱子里啦，叫我的跟包的在二等车上拿着啦！"方梦渔说："不要紧，等你回来再说吧。"绮艳花却说："总还是交给您好，咳！真是的，我这是头一次出外，手忙脚乱的，心又不安，把要紧的事全都忘了！干爹跟芳霞刚才也都不提醒我一点。"她似乎很不满意。冯亦禅就向方梦渔说；"她的意思是想把新照的照片，每一种送你一张，顶好是明天就制铜版，后天就见报，注明了应聘赴沪的名坤旦绮艳花最近小影。同时在上海露演着，同时在北平宣传着，这当初倒是我的主意。"魏芳霞忽然在旁边说："我那儿不是留下了一份儿吗？明天我给方先生送到报馆就得了。"冯亦禅说："对啦！这个办法好．那么可就交给你啦！方先生的报上要是不登，可也找你说！"魏芳霞笑着，她这么一笑尤觉着妩媚。这时又来了几位给绮艳花送行的人，都是很阔的样子，在这小小的车厢之中，绮艳花一一殷勤地应酬着。冯亦禅却说："车要开了！咱们下去吧！"于是方梦渔又向绮艳花说声："一路平安！"绮艳花净顾了跟别人说话，却也没听见。方梦渔很没趣地就跟着冯亦禅和芳霞下了车，待了一会，别的送行的人也都下车了。站上的铃声在紧响，车头又在撒气，并怒吼着．车身慢慢地动了。穿着灰鼠皮大衣的绮艳花在车窗里向着给她送行的这些人招手，轮声"咯吱咯吱""叽咚！哐咚"地响着，好像打着锣鼓点就走了，留下的是眼前一股白烟。

月台上的人都往外走去，渐显出冷冷清清，魏芳霞显得很抑郁，她是一句话也不说。出了车站，天更黑了，冯亦禅说："我可还得上宴华楼，小碧芬在那儿请客，那也是我的干女儿。"说着，他雇上了一辆洋车就走了，在车上还向芳霞说："你明天可记着把那相片给方先生送去！"

街灯发着黄光，把魏芳霞的影子模糊地印在地面。她是真窈窕，就在方梦渔的身旁不过一尺，她却不急急地走。

方梦渔说："相片的事也不用忙，明天或后天，我派人去取就得啦！"

魏芳霞却说："就在我家里搁着啦，到那儿就拿来，您现在还有别的事吗？"方梦渔说："我倒是没有什么事。"

魏芳霞说："那，好不好您就到我们家里去一趟，拿了相片您带回去？省事儿，省得我明儿没工夫。"

方梦渔想不到，她会往她的家里让他，犹豫了一下，就说："天太晚！不方便吧？"魏芳霞说："有什么不方便的呀？我们家里又没有谁，您去拿了相片就完了。省得给她耽误了事，她回来抱怨我。其实我给您送到报馆也行，我不是脚懒，我是怕没有工夫！"

方梦渔点头说："也好！"遂就跟她并肩过了马路，往西去走。斜着脸儿又看了看魏芳霞，问说："魏小姐，你现在还做着别的事吗？"

魏芳霞摇摇头说："也没有别的事，家里的事也就够忙的啦！"

方梦渔进一步地问说："魏小姐没有再出台演唱的意思吗？"他这句话却没得到答复，等于是碰了个钉子，他只好闲扯说："其实我也没有听过绮艳花的戏，不过今天这么一看，她的朋友可真不少呀！朋友多了自然能够帮助事业的成功，也可以帮助艺术的增进，不过我总觉着……"

魏芳霞却斜斜脸说："您可别说她什么，她是我的表姊。"说完了这话，她又一笑。

方梦渔恍然大悟地说："怪不得！"笑笑又说，"我可还得说说，我对于戏剧，虽然不懂，可也是一个爱好者。我对于坤伶仅仅认识你们表姊妹两人。不过我总觉得女伶是应当有点学生气，至少应当有点闺秀气。”

魏芳霞笑笑说：“我可不算是女伶了，我早就没有那种资格了！什么学生气、闺秀气，我想我都是一点也没有。我就是这样，我不能说绮艳花不好，可是她现在唱红啦，朋友多，人缘又好，叫人请到上海去，我，我却一点也不羡慕她！”

方梦渔说：“不过既然唱戏，就应当唱红，就如做一件事或研究一门学问、艺术，是应当让它成功。”

魏芳霞不言语，依旧同着方梦渔往西走。

方梦渔又随走随说：“我劝魏小姐，也不应当灰心，学武生虽然现在不走运，可是你应当也改学旦。”

魏芳霞又半天没言语，走进了西河沿那条胡同，她才悲哀地说：“改学旦？可不是容易的事儿！”

方梦渔摇头说：“不！你很有天才，我看得出来，你若是改学旦，一定能够超过绮艳花。”

魏芳霞笑了笑，说：“得啦，您别说了！哪有当面捧人的？可是……”她的面容又变为忧郁，说：“不是那么简单的事！”

方梦渔问：“难道还有什么困难吗？”

魏芳霞说：“得啦！您别再说啦！我就告诉您吧，要改我早就改啦！总是改不了，您也不必问是为什么原因，现在要不是绮艳花是我的表姊，我对唱戏的事，是永远一句也不提！”

方梦渔说：“这可就奇怪了！莫非……”他不能再往下问。

魏芳霞赶紧说：“您还别疑惑我因为唱戏，有过什么伤心的事……”方梦渔说：“我觉得一个唱过戏的，并且不是不聪明、不努力的人，只因为时势的变迁、潮流的演进，而不能再唱了，受了淘汰了，这可也算是件伤心的事！”

魏芳霞又斜脸来看他，眼睛迎着路灯，显出来潸然欲泪的样子。她勉强作笑，说：“我可真头一回遇见您这样的人，人家不伤心，您还偏要勾人的伤心……”

方梦渔也不能再说什么了，不过心里总有些不平，觉着像她这样的美丽聪明，而且又不是没有唱过戏的，倘或能够合着剧界的趋势，改学青衣花旦，那准保压下去绮艳花，到上海去出演？还许出外洋呢！一定能够成为最有名的一位坤旦，只是她不肯这样做，也不知是有什么原因，这实在是一件令人惋惜的事！

他不由得在暗暗慨叹，同时又时时地斜着脸去瞧魏芳霞，他觉得并不是自己的眼光特别，这样的女子，无论是任何人见了也得喜爱的，然而喜爱并不就是情爱，若谈到情爱，那可，那可就大概要碰钉子了。看这魏芳霞虽然“艳若桃李”，却有点“冷若冰霜”，不见得好惹，我是跟她认识认识可以，但若是有什么别的企图，想完成我的“成立家庭”的志愿，那就不对了！……

因此方梦渔极力地克制着自己，多一句话也不说，连一句“套近”的话也绝不说。

两人默默地走了许多的路，不觉得就走尽了这条极长的西河沿，而过了宣武门脸，又走进了一条胡同，这地方叫“斜街”，就到了魏芳霞的家了。这是一个很小的门户，虽然天晚了，门可没关，芳霞说：“方先生请进来吧？”但这句话仿佛是虚让，方梦渔也觉着天已黑了，跟着人家的姑娘怔到人的家里，这按北平的风俗，是很不对的，所以他就赔笑说：“不，不，我不进去了！我就在这儿等一会，请你快点把相片拿出来就是了。”

魏芳霞走进去了，可是待了半天，也不见出来。方梦渔等得不禁有些着急，他呆呆地站着，眼望着这小小的门户，里面是小小的几幢瓦房，觉着很有一些神秘之感。

这时，就忽然听到身后“嗒嗒”地响，有个人拿着一根竹竿，不但拄着地，简直要拄到他的脚上了。他赶紧回身躲开，隐隐地看出这个人大概是一位“瞽者”（盲人）。这个人用他的“明杖”试探着路，就也走进芳霞的家里去了，并且还“当”的一声，大概是一个小铜锣（盲人算命，敲着招徕主顾的），无意地撞在门框上了，所以响了这一声，方梦渔觉着很诧异，心说：这是谁？莫非是魏芳霞家里的什么人？他正在想着，芳霞就跑出来了。

他迎面赶紧就要相片，可是芳霞并没把相片拿出来，却对他笑着说：“方先生请进来歇一会吧！我跟我妈说您在外面等着拿相片，我妈说：‘哪有叫人家黑咕隆咚地在外面站着的呀？请进来喝碗茶，也是应当的呀！’”

方梦渔摆手笑着说：“不用！不用！天太晚了，我还得回报馆……”他这话还没说完，却听里面又有老妇人的声音，十分和蔼地说：“请进来吧！您不用客气！……”

方梦渔只好往门里走，嘴里直说：“对不起！对不起！”

院里的老妇人，自然是芳霞的母亲了，就跟着她女儿一齐把他往里让。让到一间屋里，还是一个单间，陈设的虽都是破旧的木器，可是收拾得干净，床上只铺着一份红花布的被褥，煤油灯照着壁间的相片，有头戴英雄帽的，身背四杆旗子，全份靠背，手持《挑滑车》的大枪的。这里大概就是魏芳霞的“香闺”，只见她妩媚地笑着说：“方先生您可别笑话！我这屋子可是乱七八糟！”

方梦渔说：“这就很干净了！我在报馆住的那间屋子，不信过几天请去参观一下，那才真叫乱呢！”

芳霞又笑着说：“文学家都是不修边幅的。”

方梦渔倒更觉着新奇，想不到她还懂得这句话，她……不由得又多看了她一眼，心说：她还知道“文学家”这个名词？

这时，芳霞的母亲也走进屋来了，这正是那日在厂甸跟着芳霞的那个五十多岁的老妇人，头一句话她就向方梦渔说：“我好像在哪儿见过这位报馆先生似的？”

方梦渔不由得脸上有点发热，说：“本来我的报馆离着这儿也不远，我向来在报馆里待不住，完了事就出来溜马路。”

芳霞笑着说：“大概我跟您在街上都遇见过，可是谁也没有招呼过谁。”

方梦渔又觉着这句话，似乎说得很怪。

魏老太太就叫芳霞给倒茶，说：“我们这儿可没有烟卷。”方梦渔连连摆手说：“我不抽，我不抽。”魏老太太又问说：“您的家就在报馆里吗?”

方梦渔点点头，坐在了个凳儿上。

魏老太太又问说：“太太是南方人，还也是北平人呀?有几位少爷?”

方梦渔摇着头，笑说：“都还没有，我只是孤身一人。”又补充着说，“本来一个人已经够难维持的了，再要有家庭，可就更负担不起了!”

芳霞俊俏地倚着个小桌站立着，仿佛非常注意地聆听他这几句话。魏老太太叹息着说：“年头儿真不济了!”

芳霞看了她母亲一眼，仿佛是说：“您跟人家说这话干什么呀?”

方梦渔就谈到相片，问说：“绮艳花她最近一共照了多少张?”

魏芳霞“哼”了一声说：“她要照起相片来，还能有个够?今天照五张，明天照八张，也幸亏她是个红角儿，她要是差一点，真的，挣的钱还不够照相的啦!天下的唱戏的要是都像她，那照相馆可就都发了财啦!”说着伸手拉开身后小桌的抽斗，拿出来一大沓子相片，一下都交给了方梦渔。

方梦渔接过来，却一张也没有看，他的眼睛仍然望着芳霞。

魏老太太在旁边问说：“报馆里的买卖不是都很好吗?报馆里的先生们都能挣很多的钱，唱戏的人都愿意跟报馆先生联络。”

方梦渔笑着说：“那也分是那家报馆里的了，我不过是个无名记者。”

芳霞说：“方先生太客气了!您没有名谁有名?”

魏老太太还要在旁边插嘴，她的女儿却对她说：“我大舅不是来了吗?不定又有什么事儿，您还不去看看?”

魏老太太真听她女儿的话，当时就说：“方先生您坐着!我去那屋里看看。”

方梦渔欠了欠身，然而魏老太太一离开屋子，这里就只剩下他跟芳霞两个人了。煤油灯很亮，芳霞的倩影距离他是这么近，他很觉有些拘束，但还不愿意立刻就走，遂就摸摸口袋，取出他的香烟来了，他连“洋火”都随身携带着，当时就点着了一支吸着。

芳霞又笑着问他：“您刚才不是说您不会抽烟吗?”

方梦渔笑笑，说：“既拿了笔杆，想离开烟卷也是不行，不过，我也知道烟卷这东西是很不受人欢迎的。”

芳霞说：“无所谓！文学家是应当抽烟的，唱戏的人可最忌吸纸烟，因为能够坏嗓子。”

方梦渔说：“你先不用提什么文学家，这个头衔我当不起。不过你提到唱戏，我可又该说了，我劝你不应当灰心，学武生虽然现在不走运，可是你应当改学旦……”芳霞默默地不言语，好像沉思似的。

方梦渔又接着说：“我还贡献你点意见，改一个名字就可以唱旦！以你的聪明，包管准能够‘挑帘儿红’，用不着我跟冯亦禅替你宣扬，但假使你需要我们效劳的话，我们还能不为你帮忙?”又说，“将来，你也可以到上海去演唱！我说句私心的话，好在绮艳花是你的表姊，现在已经坐着火车走了，她的技艺我也领教过，我可真不敢十分恭维……”

芳霞说：“人家也不稀罕您一个人恭维，人家的戏是另一路，台底下自然有人捧，私底下更会联络人。”

方梦渔说：“咱们不那样做！我主张你要改学旦，就唱正宗，不怕曲高和寡，因为真正听戏的人还是爱听正经的戏，要不然你可以学尚小云，凭你的武底子……”

芳霞说：“干吗呀，唱好了戏又干吗?”

方梦渔说：“或许你家庭状况好?”

芳霞摇头说：“一点也不好！”

方梦渔说：“为了经济，唱戏也是应当的，何况你既有这份天才，把它湮没了，未免可惜。”

芳霞笑一笑，说：“我跟你说实话吧！我早就在学着啦，现在也有人给我说着戏，有时候我还到东安市场茶楼票社去清唱。”

方梦渔惊喜地说：“是吗?”

芳霞说："不过我不愿意跟生人说，尤其是见了报馆的大编辑，可是也不见得人家当时就给我登消息，因为我这个人早就不叫人注意了，再说我也绝唱不好……"

方梦渔说："不见得，你一定能唱得好。"

芳霞说："唱得好我也绝不登台唱。"

方梦渔问说："这又为什么？"芳霞说："因着环境不允许。"方梦渔似乎惊诧地说："环境？我看你这环境不也很好吗？"

芳霞却不再言语了。

这时她的母亲忽然慌慌张张地进来，向她说："你大舅叫你！你瞎大舅叫你！"

芳霞当时从她忧郁的脸上，又显出来一种急气，她就要出屋。

方梦渔也赶紧站起来说："我也应当走了！"

他拿着那沓子相片出了屋，芳霞是连一句话也没再向他说，就跑往另一间屋里，见她的"瞎大舅"去了。到底是什么事呀？想她的家庭情形大概是相当的复杂，但自己怎能够打听人家的家务事？他被魏老太太送出了门，魏老太太只向他说了声："您慢慢走！"就把门关上了。他还站在门外向里面听了一会，可什么声音也没有听见。他只得走了，带着疑问的心情，拖着沉重的脚步，走回了报馆。

编辑部里的灯很亮。几位同事有的在那儿拿剪子跟糨糊拼粘稿件，有的却在打电话。他拿着那绮艳花的相片，走到他的卧室，就把相片往桌上一扔。工友把他应当看的副刊"大样"片给他拿来，他也只略看了一看！反正校对不是他的责任。他的脑里仍然印着魏芳霞的倩影，他的心里猜度着那聪慧的女子家里必定有些不知是什么纷繁的事，也许是她的婚姻问题？爱情纠纷？家庭口角？或是她因为一两年没有唱戏，欠了别人的债务，但她的瞎大舅也不能黑夜来向她索要呀？简直是叫人弄不清、猜不透，然而她的环境一定是很不好。咳！这也必是她不能顺利地登台改唱旦和她忧郁、不快乐的绝大原因吧！

第三回　为觅清歌茶边疑剑起 相邀小酌灯下惹人愁

第二天，他把绮艳花的相片拣了两张好的，去制铜版。他想找冯亦禅打听魏芳霞的家庭情形，去了一趟，正赶得那位剧评家没有在家。他实在不愿冒昧地再到芳霞的家里去，但他想着必须得见一见魏芳霞，而且要聆听聆听她的歌喉，证明她到底有没有改唱旦的天才和造诣。所以在第三天，他特别提前把他应做的工作做完，时间在下午四点钟，他就雇了车进城，往东安市场去了。

东安市场是北平东城最繁华的一个商场，这里有茶楼，里边有票社清唱。在茶楼是为借此招徕主顾，在男女的票友们，有的是来此消遣；有的——恐怕占多数，是为在这里练习着，好预备将来“下海”唱戏挣钱。方梦渔是初次到这里来，一上楼，他就觉得空气又湿又暖，每一个四方桌上，都坐着几位“顾客”，他们都像是有闲而又有钱的人，并且还都像是“听戏的老手”。桌上都放着几把茶壶，把热茶向碗里倒着，还吸着烟卷，有的嘴里吃着零食，地下几乎被瓜子皮布满。茶房提着大铁壶，往来给添水续茶，还把雪白的手巾把，挨着座位敬送，顾客们——里面约有四五十人，把那热气腾腾的手巾向脸上擦一擦。女顾客们怕擦掉了她们的口红，所以只用手巾热一热手，精神便立时似乎都有了，目光齐注在当中的那个“台”上。但这所谓的“台”，也仅是排接起来的四张方桌，上面铺着干净的桌布上一样放着许多茶碗茶壶，没有什么别的东西，有的，只是一座紫檀木的小架子，上面插着七八个大概是象牙质的长方形小板，在那板上就写着：《百寿图》《进宫》《牧虎关》《朱砂痣》……这就是当日的戏目，后面还有三个空白的牌子，显然是还没有排定唱什么戏。这台子的一边是“文场”，那“单皮”跟锣鼓，敲得真使耳朵不大好受。唱戏的人不分“生、旦、净、末、丑”，全都围着“台”坐着，都是便衣。现在唱的是《朱砂痣》，唱老生的是个粉面少年，唱青衣的倒有四十多岁了，戴着眼镜。他们坐着唱着，脸上毫无表情，手脚也毫无动作。不过“顾客”之间，却也有听得出神的，把那手指头直往桌面轻微地敲，敲的大概是“板眼”；有的可也打哈欠、嗑瓜子、看报，还有的在低声闲谈。

在这里“消遣”的票友，只要不是正在“台”上唱着戏，就也都散发坐在各座位上，喝着茶，吸着烟，跟“顾客”没有两样，没法子分辨得出来。女客是也有七八个，但方梦渔没有看见魏芳霞。他想既然来了就无妨等一等，于是找了一个座位坐下，茶房给他泡了一壶茶，并递给他一块热手巾。他拿着这带有花露水香味的热手巾，擦了擦下巴，又擦擦手，就问说：“有一位魏小姐魏芳霞，是常来这儿清唱吗?”茶房探着头，歪着耳朵听着，听明白了，就点点头说：“对啦！魏小姐是常常来，可是这两天，不知怎么着没有来，她每次来可也不能这么早，今天能来不能来，还说不定呢！”方梦渔点点头，觉着还有希望。茶房接过去那手巾，又笑着说：“魏小姐要是今天能来，那可好啦！人都爱听她唱的，常来我们这儿消遣的几位女票友，要是细说起来，还是就算她最好哩！本来，人家是内行。”

方梦渔一听，不禁出乎意料地欢喜，原来芳霞改唱旦，一定还改得不错。在这里既有人欢迎，将来正式登台露演，想唱红了，还成问题吗？我的眼光不错，这件事，非叫它达到目的不可。这时，那戏牌子上又填一句《彩楼》。《朱砂痣》完了场，稍微停了约有五分钟，便由另两位票友来唱，这一句去青衣的是一位女票友，瘦脸，有不少的斑，但穿得很阔，也时髦，听旁边的人悄声说：她叫“玉莲馆主”，仿佛也是一个相当有名的“坤票”，然而方梦渔听她唱的，并没有什么惊人之处，“调门”也太低，恐怕她也只能够清唱；若是真一登台，那十排以后恐怕就听不见了，只能看活电影，这样的坤票不行，没有前途。因此又恨不得当天就听一听魏芳霞。回想着她说话的声音是那么清脆而宛转，可不知道唱起戏来怎样？这非得听一听不可。

他把魏芳霞盼得更急，时时扭着头，看那接连着楼梯的出入口，那里有两扇玻璃门，只要门一动他就注目去看，然而进来的不是茶房，就是顾客。他屡次地感觉着失望，又想这种等待，是太渺茫了，魏芳霞今天多一半不来。所以他就看着壁上那只大表．决定只再等她一刻钟，不，等半点钟吧！这时屋里的几盏电灯也全亮了，有的顾客叫来了包子在那儿吃，他的心更急，眼睛更不住地向那玻璃门去看，约莫又有十多分钟，果真进来了一个穿着红大衣的女子，好像是魏芳霞。他还有点不相信，特意地站起来，瞪直了眼睛去细看，他可真喜欢了，这惊鸿一般走进来的女子，一点也不错，正是她。

魏芳霞一来到，很多的人都注意了，都像是注射了什么兴奋剂那样的精神。茶房也赶紧上前迎接招待。芳霞只是一个人来的，今天她穿得很漂亮，脱去了大红呢绒的夹大衣，就露出来闪闪的亮花儿的浅绿跟桃红色配合的缎旗袍，脚上穿的是一双银色的高跟鞋，所以身材更显出娉婷了，脖颈上围着一条花丝的围巾，她解下来，连大衣都交给了茶房。她的态度是十分大方，她的头发虽然不像别人那样长得过了肩膀，也没有烫成一大团，可是整齐，用几个“卡子”分得十分好看。她脸上一定擦了胭脂，嘴唇也像抹了口红，不然不会比前天见的时候更显得娇艳、美丽。她的两眼如秋水一般，多么的明丽灵活呀！她哪能没有看见方梦渔呀？可是她先跟许多人一一地含笑点头，不亢不卑地打招呼；人家也都对她客气着，并且表现出非常欢迎。这时，方梦渔自己倒先斟酌了斟酌，因为在这个场合里，不能显出特别对她亲近，或是热络。所以也只略略欠身，冲她点点头，而她，也倩然地笑着，点了点头，算是回礼。她并没有特地赶过来说话，却跟几位男女票友，在一张桌旁笑着谈上了，离着方梦渔不算远，方梦渔就转过身来，注意地望着她，还注意地听她跟人说话，她说："这几天，我哪能择出一点工夫儿呀？绮艳花到上海去，倒把我给忙死啦……连吊嗓子的工夫我都没有……"这时有一个穿哔叽驼绒袍的，大概是这票社的管事人，也可以说是"戏提调"，他老远地就带着笑过来，弯腰探头地跟芳霞商量，还跟别的人也研究了半天，一定是正在烦请魏芳霞"消遣"什么戏；芳霞似乎在推辞，可又有点首肯。这时顾客里就有几个人抢着去给朋友打电话，说："喂！喂！你快来吧！有好戏……谁骗你？真的，魏芳霞来啦！可快着点，来晚了你可就听不着啦！"方梦渔听了真是喜欢，仿佛比人夸他的副刊编得精彩，杂感写得漂亮，是更为荣耀。这时茶房又把电灯换了几只大概是一百烛的灯泡，亮得好像太阳，刺人的眼，而各座间的香茶也都重新换过了，顾客们都又拿热手巾擦脸，刺激起精神来。并且来的人渐渐增加，座位都有点坐不下，要加凳子。那位"戏提调"已经得到了魏芳霞和另外两位男票友的点头，又向"文场"方面去说了说，于是就在那象牙的牌子上写出了戏目，是《霸王别姬》。

方梦渔高兴得简直紧张了，可是对于这一出戏，他心里不禁有点疑惑。这出戏是个大戏，几年前，他在上海听梅兰芳和金少山唱过，听说要是由杨小楼跟梅大王配这出戏，那更是两绝。不过要是不化装，不看做派和身段，没有舞剑那一场，光在桌子那边清唱，还有什么意思呀？所以他虽然惊喜魏芳霞敢动这一出，——她会清唱，大概也就全会，演起来还许比得上梅兰芳，——然而这地方也不能施展她的长才呀？……

但，他见魏芳霞在那边明亮的电灯下，端正地坐着，真像大名伶似的，那旗袍闪闪地发着亮，那眸子却不来看着他，——他又有些惊羡、崇拜，而心急。

《彩楼配》唱完了，停了有十分钟，魏芳霞跟那去霸王的，还有去配角的，才都走过去，在那边的桌旁坐下了，锣鼓敲了起来。更使各座间的观众们全都精神百倍。方梦渔也把凳儿挪了挪，正对着那个“台”，也是正对着魏芳霞，然而芳霞，仍不抬眼皮，态度真是郑重。锣鼓敲得可真吵人，本来这出的“家伙点”特别的多。那去霸王的一个胖子，听说是某公司的职员，相貌倒够上个“霸王”，嗓子可真不行，唱到“咬牙切齿骂韩信”，声音就哑了。待了会，“小开门”拉过之后，魏芳霞就念起了“引子”，是：“明灭蟾光，金风里，鼓角凄凉”。字字清晰，真动听，及至念过了“忆自从征入战场……”四句诗，道过了很长的那一段“白”，唱那几句“西皮散板”，真与梅兰芳无异。方梦渔就不禁笑得闭不上嘴，心说：“行！行！”于是更注意地去听。他真不愿意那霸王再说话，也不愿意净听她道白，他愿免除了一切，只听魏芳霞唱，更不耐烦那些锣鼓点，可是这出戏真麻烦，“旦”的唱，实在不太多。魏芳霞又唱了两段，尤其是她跟那去霸王的胖子，一问一答地唱，并没有什么出奇。及至快唱“南梆子”了，魏芳霞的“虞姬”说：“哎！大王醉卧帐中，我不免去到帐外，闲步一回。”接着就唱：“看大王在帐中和衣睡稳，我在这里出帐外且散愁情，轻移步走向前中庭站定，猛抬头，见碧落，月色清明……”

声音清澈、柔润，真有行云落月之致，要把它譬作莺鸣春树，也嫌还不够。座间的顾客有不少忘形地鼓起掌来了，方梦渔也喜欢得心花儿都开了，自言自语的：“好！好！”

那芳霞却将脸微侧着，她的侧影儿更是美丽，接着又唱。方梦渔简直是一个字一个字地细心去听，他幻想着魏芳霞现在头上梳的是“堕马髻”，戴着珠凤金钗，穿的是古装的绣衣金铠，金光闪闪，环佩叮当，他又觉着芳霞在那里转身段了，在那里做出颦愁而又英爽的表情了，在那里……听完了霸王唱毕，“虞兮虞兮奈若何”，她说：“大王慷慨悲歌，使人泪下，待贱妾曼舞一回，聊以解忧如何？”……又说：“如此，贱妾出丑了！”好像当时就亮出了光芒闪烁的一对青锋宝剑，接着，那宛转悦耳的“二六”，是：“劝君王，饮酒，听虞歌，解君——忧闷，舞——婆娑……”真是动听之极，紧连着胡琴跟堂鼓奏起了“夜深沉”……仿佛剑光腾起，娇躯曼回，仙裾飘云，金钗颤抖，忽起忽伏，全合节奏。虽然魏芳霞依旧在那里静静地坐着，但方梦渔却觉得是出了神，是做起了梦。

真满意，这出戏使他听得真满意，他觉着真是个意外的收获。旁边有一个顾客说：“她本来是唱过武生，要舞剑还能够舞不好吗?”方梦渔却真要起而跟人家争辩，他想说：虞姬的舞剑，根本与唱武生无关！她已经改学旦了，你们不信叫她舞一舞？那剑，我敢打赌，绝对与梅兰芳一样，绝对不能像武生，绝对不能把夜奔的林冲那套剑法拿出来，因为她是天才，她是未来的名坤旦，你们别以为她只会唱武生。他真气不平，但看到大多数的人全都表示出称赞来，他却又觉得喜慰无极。

《霸王别姬》唱完了，魏芳霞的脸一点没有骄矜之色，她离开了那里，而走过来，带着笑就直奔向方梦渔，说：“您怎么也上这儿来啦?”

她亲切地笑。方梦渔站起了身，他笑着回答说：“不是你告诉我的吗？你常常来清唱，东安市场又只有这一家茶楼有清唱，所以我才特地来饱一饱耳福。”

魏芳霞更笑着说：“这两天本来我是一点工夫也没有，今天我本也不想来，可是我忽然灵机一动……”

方梦渔说：“怎么？你猜我今天会来这儿找你吗?”

魏芳霞又扑哧一笑，摇摇头说：“不是，我也不知道是怎么回事，——总是凑巧就是啦!”又说，“我早要知道您今儿来，我还真不来啦，叫您白来一趟才好!”

方梦渔倒不明白，心说：这是干吗呀？可是听了这话更喜欢，仿佛熨斗烫着心似的，同时觉着这时别人都对他直注意。

戏算是散了，顾客们跟票友们都陆续地走了。

方梦渔给过了茶钱，看见魏芳霞还在那边跟两个女票友谈话，但待了一会，也分手了。芳霞却又过来，说：“方先生！咱们一块儿回去吧？”

她就穿大衣、围围巾，茶房对方梦渔也显得特别殷勤，还向芳霞问说：“您明天来吗？”芳霞点点头，说：“明儿见！”她在前，方梦渔在后，下了楼，走出去了，市场里的灯光还是很繁密的，往来闲游的人跟买东西的人也还是不少，他们两人就站在这里，方梦渔问说：“你现在就要急着回去吗？”芳霞说：“急倒是不急。我这个人就是，只要一出来，就不愿意回家了，我老想，一辈子也不回家才好。”

方梦渔觉着这句话里有很深的意思，然而当时也不能细打听，就笑着说：“那么，找一个馆子，咱们去吃点什么好不好吗？”

芳霞说：“可以！不过我先说明白，您可别请我吃西餐。”

方梦渔笑着说：“我也没带着那么多的钱。”

芳霞说：“大馆子我也不愿意去，您要是愿意请我，就随便找一个小馆子，吃点什么包子馄饨的，在摊上吃也行。

方梦渔笑着说：“好！那么等你将来成了大名伶，我再请你，现在先……”

芳霞说：“您千万别说这个话！什么叫大名伶？我一辈子也不想当！”

方梦渔觉着像是碰了一个钉子似的，弄得很没有味儿，又猜不透芳霞是个什么脾气，当下，他在前，随走着还回过头去瞧，见芳霞倒是在后边跟着他了。芳霞真漂亮，尤其今天她这打扮，被这市场里的电灯、霓虹灯一照，是更显得艳丽绝伦，她只是袅娜地跟随着走。两旁商店的玻璃橱里，陈列着不少珠光宝气的首饰，尤其是绸缎店那鲜艳夺目的衣裳材料，整幅地摆在门口，芳霞竟仿佛连看也不看，可见她不好虚荣。她既长得好，又唱得好，还不慕虚荣，这样的一个女子，可真是难得而少见了……

方梦渔随走随想，心里是万分的喜悦，简直是感觉到很幸福。这时，就来到一个小饭馆的门前。

这是市场里，地点很偏僻的一家小饭馆，不知是生意不好，还是现在已经过了吃晚饭的时候，里边的座位倒还不少，可是没有什么人。他们走进去，堂倌倒很殷勤地招待，他们就对面地坐在小凳儿上，当中摆的是一张没有油漆的方桌子，上面有醋壶跟酱油壶。这里所卖的食品也没有什么，只有炸春卷，于是他们就要了两盘，另外还要了一个酸辣汤。芳霞是连大衣也不脱，只把围巾解下来，拿筷子夹着春卷就吃。方梦渔想要跟她说话，——心里已经预备着许多的话，可是不知应当从何处说起！就也先吃了两个春卷，停住筷子笑着说："今天你唱的这场'别姬'，真可以打九十分，我希望不久能够在台上看见你唱。"

芳霞没有言语。

方梦渔又问说："你现在还天天找人说戏去吗？"

芳霞说："不一定，高兴了去一趟，不高兴就不去，好在我那师父知道我也不登台，人家也不指着我孝敬什么，不过我若去了，人家就给我说一说。"

方梦渔说："现在你除了'别姬'，还会什么？"

芳霞笑着说："要说会，眼前的全都会，本来……"

方梦渔不等她说完，就急急地说："那你为什么不登台呢？"

芳霞微笑着，又似含愁地说："登台？登台就那么容易？要是容易，人可都唱戏去了！"

方梦渔说："不是！唱戏不是一件容易的事，凡是艺术，都不是容易的事，第一须先要有天才，第二要有造诣。你要是个别的人，我什么话都没有，你却是既有天才，又已经有了造诣，为什么要自甘湮没着？人固然不可以净出风头，但也不可以怀才不用。现在的京剧本来已经衰微，后起之秀也很少，我对于戏剧可是一个外行，并且不常听戏，但我刚才虽只听你清唱了一出'别姬'，可就认为你比现时的一些所谓名坤伶，全都高超不止十倍！"

芳霞笑着说："得啦！您别捧我啦！当着面儿捧人，可就是当面损人。"

方梦渔正色说："我说的是真话，你真不可以太消极了，应该登台去试一试！"

芳霞说："我早就登过台，登台都登腻啦！"

方梦渔说："那你早先唱的是武生，那已经随着潮流卷去了，你应该重新树立你的艺人生活，登台显一显你的才艺，叫认识的人都惊讶，叫不认识你的人也都钦佩。"

芳霞低下头去说："那又顶得了什么用？"

方梦渔说："这就是人生，人生应当有所表现，无论是在事业上或在艺术上，都得尽其所能，至少得留个痕迹，尤其是年轻的人不可以消极、颓唐。"

芳霞说："咳，您就别说啦！干吗呀？这么讲道似的。我可真佩服方先生的口才，方先生真像是一位演说家，演话剧或是演有声电影，准得是个明星。"

方梦渔说："我跟你说的都是正经的话！"

芳霞说："我说的话，更没有一点是不正经的，我就告诉您吧！我的环境不允许，您明白吧？一个人有一个人的环境，环境要是不允许，那——登台？恐怕比登天还难！"

方梦渔说："我也知道，你所说的环境不允许，一定就是经济困难，唱戏须先要有戏衣，——行头，尤其是唱旦角，得置许多的东西，在现在这时候，这笔款子当然可观，可是你跟绮艳花不是表姊妹吗？她的行头当然是应有尽有的，你不会暂时借着用一用吗？"

芳霞说："哟！您真外行！别的不用说，绮艳花是个矮身量，她的戏衣我会穿得了？穿上短大半截，不成了笑话了吗？还有，您是不知道，唱戏的，戏衣就是她的命，她肯借给别人穿？再说，穿着别人的衣裳走票唱彩排，还可以，若是唱营业戏，还想要由此就出名？那叫作泄气。更说一句话，要叫我穿别人的衣裳，用别人的东西，也许行，唯有绮艳花的光，我是绝对一点也不沾。"

方梦渔说："这不成问题，我虽然是个穷记者，可是我还认识一两个有富余钱的朋友，只要你能登台，我可以出利钱，去给你借，——这可也不是我故意表示慷慨，因为我很放心，我确信你要是登台一唱，只要挣上两三笔包银，就准能把行头都挣出来。"

芳霞笑了笑，眼波一抬，看了看，接着却又微微地叹息，说：“不是这么简单！经济以外，还有别的问题呢。”

方梦渔说：“无论什么问题，我也能替你解决，无论什么困难，我也愿替你排除，我只是希望你这天才不可湮没了，青春不可辜负了，前途不可自己把它断送了！”

芳霞说：“您听我说……”说到这里，她不禁泪眼盈盈，说：“我告诉您，我不是不应当努力，我早先唱武生，虽说不怎么有名，可也总下过不少的工夫，后来，忽然梨园行儿里没有我的份了，我并不甘心，我早就拿定了主意改学旦，您今天也看见了，刚才我这出《霸王别姬》，没下过点功夫，也唱不了。我并且还上了几天女子中学，我也入过英文补习学校，我未尝不是时时想改造我的环境。这可也不是我的心高，是我不服气，凭什么我就不如别人？……”

方梦渔说：“对！我自从认识你之后，我就也有这种感想，你本来不比别人不聪明，你比你的表姊绮艳花更聪明，为什么她就能够上上海，大红特红，你却好像是完了？”

芳霞说：“我真完了，我以前还不相信，现在我知道我真完了！方先生，您的好意我都知道啦，可是我告诉您，不行，您费九牛二虎的力也没用，我真完了！因为，环境……”说着她的眼泪似乎要流出，而未流出。

方梦渔又问：“你的环境？你的家庭环境到底有什么困难，何妨说出来呀？”芳霞却不言语，只一匙一匙地喝那酸辣汤。

方梦渔微微地叹气，说：“或者因为我们两个人相识的日子不多，交情还浅，所以有许多话，你都还不肯对我说。”

芳霞扑哧一笑，但她虽然笑着，脸上的表情却还是很悲痛的样子，她说：“没有的话！我这个人心里才不会藏话呢，有什么我就说什么。……”

方梦渔说：“那么，你的家庭？环境……”

芳霞笑着说：“一点什么事也没有，刚才我是逗着您玩呢，我就是爱清唱，不爱登台，别的什么原因也没有。得啦！刚才的话，就全当作我没有说，您也不必瞎刨根问底，咱们还是说别的吧？——您现在报馆的事情忙不忙呀？我就是爱看报，我可不知道那报都是怎么编的？排的？印的？几时有了工夫，我真得到您的报馆里参观一下。”

方梦渔又发起怔来了，心里真不痛快，觉着一般的女子，都是好矜持的，但这个魏芳霞，也未免矜持得太厉害了。她的家庭环境真是一个谜，就是再向她去问，她也是绝对不能说的。

两个人把春卷全都吃光了，酸辣汤也喝了个干净，漱过了口，把堂倌叫过来一算账，并没有多少钱。方梦渔就说：“以后最好你能够天天来清唱，我就天天来听，你唱完了，我听完了，咱们就来这儿吃春卷。”

芳霞一边在颈上绕那条围巾，一边笑着说：“今天我也很高兴，可就是……”

方梦渔说：“算了！你不要说什么‘可就是’，你这一转不要紧，我的心里真不痛快，我也不问你了，我们就希望以后我们的生活都能够上进，都能够得到快乐，就完了！”

芳霞不言语，只是笑，她的笑似乎很勉强，像她心里隐藏着悲痛。

方梦渔觉得真没有法子，跟女人在一块就是这样，她总没有个痛快，还总叫你的心里不痛快，好了，就此为止吧！别太关心她啦，我又不是她的情人。

第四回　彩笔记歌尘竟招问罪
痴心多恳托为伊成名

走出了这小饭馆，又在市场里转了转，便出去雇车，方梦渔还向她问："那么明天你还来不来清唱呀？"

芳霞已经坐上了车，说："我是没有准儿，不过明天我多一半不来，您要是愿意来听清唱，常来也好，省得闷得慌！"

方梦渔要说："你不来，我可来什么大劲儿呢？"但这话他可没有说出来，只听芳霞又含笑说了一声："方先生再见！"她就坐着一辆洋车，往南去了，渐渐地消失了。这条马路，两旁有稀稀的街灯，往来的车跟人也很少，方梦渔的心里真觉着惆怅，他就怀揣着忧闷，一步一步地走回报馆。

今夜他要闹失眠了，过了深夜两点钟，连编"要闻"的同事郁先生都回家去了，他却还睡不着觉，就在他自己住的屋里，灯下，点了一支烟卷吸，拿起笔来往稿纸上写："茶楼聆歌记"；并标上小题目，注明用三号的正楷字排印，是："魏芳霞可造之才，此曲只应天上有；虞美人何甘寂寞，几时能向舞台逢？"然后就写了一大篇，说他今天在东安市场茶楼听芳霞唱的《霸王别姬》是有多么好，什么"纤歌绕梁，不让梅尚""清姿玉骨，绰约拟仙""倘能登台演唱，则绮艳花等时下一般名坤伶，均当退避三舍"。写完了，时钟已敲到三下，他才睡觉。次日，他便把这篇稿子交给了"排字房"，他心里还时时刻刻地惦记着魏芳霞，他特地翻阅电话簿，查了半天，才把东安市场那家茶楼的电话号码查出来，到了下午四点多钟，他就给那茶楼打电话，问魏芳霞去了没有，那边接电话的茶房说是：“魏小姐还没有来呢。”又过了有一个多钟头，他又给打了一个电话，那边便说：“没有来，今天大概是不来啦！”他把电话挂上，心里非常失望，又猜疑着，恐怕芳霞的家出了什么事情，她的家里恐怕总有些问题，她的那个“瞎大舅”常到她家里去，大概就因为她家里时常有些痛苦、纠纷，还不知道她有没有父兄？她家庭中的经济来源，到底依赖着什么呢？这我也太疏忽了，这是不妨向她问问的，可是我也没有问……

方梦渔的孤身生活，本来一向过得很是平静，但现在被魏芳霞这件事情给扰得时时地不安。他的文笔向来是泼辣而带着讽刺的，对于女人的问题，很少提到。尤其，他编的副刊，虽有不少篇关于戏剧的文字，他自己真没有作过“剧评”，更没有捧过坤伶。但这天的报纸上，居然有他那篇“茶楼聆歌记”发表了，把一个向来也没有人提过的魏芳霞，竟然大捧特捧起来了。

他起床很晚，屋里也只有他一个人睡觉，披着睡衣爬起来，到外面找了一张当日才出版的报纸，就又躺下了，他躺在被窝里，吸着烟卷，细看自己作的这篇剧评，觉着文字有许多的地方欠妥，而且只是些空泛的“捧场”的词语，并没有评到“剧”及“唱”的本身。这原因是因为自己不懂得戏，是假行家，又因为对魏芳霞，仿佛“感情”太重了，文字间已露出了“追逐”的意思。真觉着有点汗颜，以后别再这么写了！以后倒真得学着作几篇纠正的剧评，同时也得往“戏”里研究研究，或者才能够引导魏芳霞成名，自己还要编新剧，做一个戏剧的改良家。

正在胡思乱想，忽听见有人敲门。他这屋门本来没有关，还以为是工友进来扫地，他就大模大样地说：“进来吧！”不想屋门蓦地一推，进来的却是魏芳霞，他倒吓了一跳，赶紧坐起身来，可是还不能够下床，因为光着脚，他就笑着说：“对不起！对不起！你看我这时候还没有起来，你怎么来得这么早呀？"

芳霞是满脸的急气，头一句就问说："今天报上的那段儿，是谁写的？"

方梦渔笑着说："原来你已经看见了，那是我写的，不过写得不好。"

芳霞把脚跺一跺说："方先生您不对！为什么也不先告诉我一声，就写？还魏芳霞魏芳霞地提了一遍又一遍，用那么大个儿的字登？"

方梦渔诧异着说："难道这还有什么关系吗？"

芳霞说："不是有关系，是，人家不愿意！"

方梦渔笑着说："我还没听说过有自己唱戏，可又不愿意人在报上评论的。"

芳霞依然急急地说："我不是唱戏的！我早先虽然唱过，可是早就不唱了，我在茶楼上清唱为是消遣。"

方梦渔又笑着，说："我明白了，你现在是票友，身份清高，我这样把你与唱戏的拉在一起，你觉着是对你不恭敬？"

芳霞摇头说："也不是！干脆您就不该没征得我的同意，就怔给我登报！"她咬着嘴唇，瞪大着眼睛。

方梦渔说："可是我那篇文字里，全是说你好的，没有一个字是说你坏啊！"

芳霞摇头说："说我好，我也不愿意。方先生您真太不对了，您不该……"

方梦渔说："你今天这么早，原是来向我兴问罪之师来了？好！我也不必争辩了，就算是我不对！不过报已经印出来了，而且都发出去了，难道你还叫我给你都收回来？我没有那么大的本事。只好我在明天给你更正，或是道歉，这是我仅能够负的责任！"

芳霞摇头说："那也不必！"发愁了半天，仿佛这件事使她真发愁，真忧虑，她怨恨方梦渔，而又没有一点办法，半天之后，她才问说："方先生，那么您这报，在外埠销的多不多？"

方梦渔说："也不算少吧！"

芳霞又问："在上海能销多少份？"

方梦渔把睡衣卷紧了一些，离开了被窝，光着脚穿上拖鞋就下了床，他说："你别顾虑绮艳花，她若看见了这张报，不要紧。她唱的戏实在赶不上你，你要登台，一定比她红，这是我确信的一件事，所以我说，你要是倘能登台演唱，则绮艳花等时下一般名坤伶，均当退避三舍。这话一点也不假，将来我还一定叫它实现，绮艳花要是不愿意，那没关系，至多了是我得罪她，并不是你得罪她。"

芳霞紧紧地皱着眉，又问："在郑州销的报多不多呀？"

方梦渔觉着奇怪，就问："你在郑州怕谁呀？"

芳霞说："谁没有个三亲六故的，叫人看见了，算是怎么回事？"

方梦渔说："这并没有揭露你的秘密呀？"

芳霞说："我也没有什么秘密！"

方梦渔说："还是！那么我在报上这篇文字，不过是说你唱得好，长得好……"

芳霞听了这句话，脸不禁红了红。

方梦渔又接着说："本来不过是一篇普通的剧评，于事可以说毫无影响。"

芳霞却点头说："有影响。"

方梦渔说："有影响也绝对不会是坏影响，至多了使一些人知道了现在还有一位唱戏唱得很好的坤票魏芳霞；使一些欢喜听戏的人，知道早先那个唱过武生的坤伶，现在要改学唱旦了！于你的将来、前途自有好处，而没有一点坏处……"

芳霞说："您不明白！"说出这话，她的声音有些凄惨。

方梦渔说："我实在不明白，我并且非常疑闷！我不明白你为什么既对唱戏还有兴趣，为什么又不设法登台？并且我这一篇剧评，竟招得你亲自来质问，好像是什么紧急的大事，好像倒是对你造成了什么危害！"

芳霞说："自然，您也不是有意的。"

方梦渔摇头说："不然，你也不要过分地原谅我，我作这篇文字确实也有点用意。第一我是借此发泄心中的不平，不叫你这种可造之才，自甘沦落；第二我是时常疑闷你唱这戏，似乎是在你的家庭之中，或是环境之内，有什么人正在无理地对你的天才加以抑制，对你的前途加以阻梗，这如果是你的父母，我可以尽可能劝一劝他们，如果是外人……”

芳霞摇头说：“您猜的全都不对！”

方梦渔说：“你也不必过分地矜持！除了你自己对我说，你绝对讨厌唱戏，誓死不愿登台，那我就不管了，不然你心里愿意，时时想唱，只因为环境不能允许，那我要告诉你，你就是不叫我帮助，我也得帮助，我一定要叫你登台，叫你的技艺受到大家的欢迎，叫你不是因为只会唱武生，就没有人要，就落伍！”

芳霞掏出手绢来，不住地擦眼泪。

方梦渔说：“你也许以为我太有点独断专行，仿佛对你太不客气了，但我们从事文化事业的人，你不知道，眼看见一个人才被湮没着，是有多么痛心！我还跟你预先声明，我并不是个富翁，或是有地位的人。能不能帮助你成功，还不一定，不过我愿尽心而做，我更得声明一下，我还绝对没有其他的意图，并不是因为你是一个年轻的姑娘，我就想特别巴结你——这话自然说不着，不过以后难免有人要这样想，一切我全可以拿将来的事实去证明。”

芳霞坐在床边，揉着眼睛，顿着脚，又笑着说：“您这是干什么呀？说了这么一大骡车的话，是干什么呀？”

方梦渔说：“你今天找我来的，你还是找我来打架的。”芳霞又扑哧地一笑，说：“我今天看见了报，当时我真生气！”

方梦渔问说：“现在呢？”

芳霞说：“现在我也还生气，不过谁叫我倒霉，遇见了这么一位大编辑，只听我清唱了一回，当时就作了这一大篇，以后我若是真登了台？”

方梦渔说：“假若这报馆我开了，我一定给你出特刊。”

芳霞笑着说：“假若我登台了唱不好呢？”方梦渔说：“你不会

唱不好，我是十分地确信，希望你也应当有充分的自信心。话既说到这里，我要请你说一句真话，是不是你也希望着登台？”

芳霞微微地叹气，说：“我也不能说是怎么希望着，不过我也愿意把青衣花衫学好了，登台去唱几天，争一争气，因为这两年来，我唱的武生落了伍，简直人都看不起我，人情的冷暖，我真受够了！还有，我也愿意再去凭着唱戏挣钱、自立！”

方梦渔点头说：“这是对的！不过——请你先恕我冒昧，你家庭中的经济情形到底怎么样？其实这可是我不应该问的。”

芳霞说：“您想啊？我不唱戏啦，我又没有个哥哥，家里又没有产业……”

方梦渔说：“那么令尊……”芳霞说：“我爸爸有病，再说也老了，哪能够做事？”

方梦渔也不禁皱着眉，问说：“据你这么一说，你家里一点收入也没有啊？可是平日怎样维持呀？”

芳霞紧皱着眉，低头说：“反正就是对付着吧！可也没有挨饿。”

方梦渔说：“绮艳花是你的表姐，她唱戏唱得这么红，一定收入可观，她也不帮助你们点儿吗？”

芳霞抬起头来，“哼”了一声，说：“她呀？——她是我的表姊，她的爸爸是我的二舅，我妈是她的亲姑母，按说是至亲，我不能够说她什么，她那个人，心可真冷！就拿她家里说吧，她的父母全都死了，只有她哥哥，给她拉胡琴，她的嫂子给他们看家。可是她还有一个伯父，——就是我的瞎大舅，自小时就是个瞎子，没成过亲，整天拿着马杆儿去算命，按说也够可怜了，跟她们住在一块儿，可是他们兄妹姑嫂对待人家真不好，当着面就说瞎东西长，瞎东西短，她们吃饺子，吃炖肉，可给人家买窝头吃，我瞎大舅要是遇到阴天下雨，不能出去做买卖，在家里就得挨饿；她可是买一瓶外国的香水，就得花不少钱。有时候我瞎大舅在外边给个有钱的阔老太太算命，把命算对了，人家一喜欢，多给他些个钱，可是拿到家里，就得叫他们零碎地都给偷了去……”

方梦渔说："至于这样吗？"

芳霞说："我这个人最不会说假话。还有些事，因为她是我的表姊，我不能够给她说。您就这样想吧，像这样的人，她还会帮助亲戚？我们可也不求她，我登台，行头要是不够，我绝不跟她借，因为她本来就气恨我，我跟老师学青衣花旦，我上茶楼去清唱，全都是瞒着她。别说我将来真登台，就是今天这张报，您的这篇剧评，要是真寄到上海叫她看见了，她不气得眼红才怪呢！"

方梦渔说："冲着她，我也得叫你登台！"

芳霞说："其实，我也知道，我登台的事，也不过是空想想就是了，第一是戏衣、行头……"

方梦渔说："这你都交给我吧，我先给你想法子筹款，你还放心，你别看我自己没有钱，但是我在朋友跟前有信用，向来我都是只帮人家的忙，而不求人，这一回，我要为你去求求他们了，这也并不是什么荒唐的事，借了钱，将来你唱好了戏，一定能够还，你若不还，我就多写稿子，慢慢还给他们，我想这是很有把握的。"

芳霞渐渐地喜欢了，说："那么方先生既要帮我这个忙，我这个人的性子急，我希望就快点办。"

方梦渔说："我比你的性子还急，今天我就开始为你筹款预备着，不过同时你也得加紧练习，登上台，毕竟是与清唱不一样。"

芳霞说："这些日，我是一点事儿也没有，给我说戏的那位陈老师，也早就想叫我登台，我去跟他一说，他一定得特别喜欢，得特别尽心指导我，茶楼我也不想再去啦，因为别叫人听俗了。"

方梦渔说："可是你别忘了天天吊嗓子。"

芳霞笑着说："那就不用您嘱咐了！还有，什么拉配角、组班的事……"

方梦渔说："那都交我给你去办，我还得跟冯亦禅去商量商量，叫他也得尽心帮忙才行，别净帮助他的那几个干女儿。"

芳霞笑着，站起身来，说："得啦！我也该走啦！您也穿衣裳吧。别耽误了你洗脸。"

方梦渔说："那么以后的事情，咱们怎么接头？你的家里，我可以常去吗？"

芳霞怔了一怔，似乎有些作难的样子，就说："还是我来吧？反正我也认识这儿啦，以后我要怕您出去，就早点来，一定能堵您的被窝。"

方梦渔也笑了笑，但虽然笑着，心里却觉着芳霞不叫到她家里去，终究是一个疑闷的事。不过，这就不用再细管她家庭环境是什么情形了，只要能帮助她登了台，唱红了，就算自己对一个沦落的坤伶，一个明慧的女子，一个可造之才，一个萍水相逢的异性朋友，已尽了应尽的义务，还想别的干什么？

芳霞点点头，笑着说："那么，方先生，明天见吧！"她转身，袅袅娜娜地，那么高兴着走了。

方梦渔也打起了精神，穿上了衣裳，先不编他的副刊，却给住在上海的表兄，和一个跟他最有交情的同学写信；信上什么也没说，只说自己现因要事，急需款数千元，请速借来一用，将来自当设法还上等语，他把这两封信都用快邮发出了，他认为必有希望。当日晚间，他又去找冯亦禅，这位剧评家正忙着给别的报馆赶写一篇"现时几个著名坤伶的比较"，他写得正起劲。电灯光照着他为文字消磨得已经又老又瘦的容颜，他一手拿着笔杆不住地写，旁边放着盐煮蚕豆，他捏着吃，还有一杯白干。他的女儿给他送来炒菠菜和热米饭，他也都顾不得吃，更没有工夫来招待方梦渔，只连连地说："对不起，你看我多么忙？你可也别走，你先坐着，等我写完了这篇，咱们再谈话！"

方梦渔只好坐在一把椅子上等着他，脑里泛起了几个问题，都预备着向他询问，吸着一支烟，默默地坐着。过了好大半天，冯亦禅的稿子才写完，他一边从头标点着，一边问说："绮艳花在上海没有给你来信吗？"

方梦渔摇头说："没有给我来信，我在上海报上也没有看见评论她的稿子。"

冯亦禅说："恐怕成绩不怎么好吧？本来上海那个地方，懂得戏的人很多，就是真有点特长，到了那儿也不容易受人欢迎。艳绮花的年纪轻、好胜，人家一邀她她就去。其实，这是咱们背着她来批评她，她的技术，真是平平！"

方梦渔突然问了一句，说："她跟魏芳霞是表姊妹吗？"

冯亦禅点了点头，说："大概是吧！我也弄不十分清楚，因为我写剧评多年了，跟梨园行、跟几个报馆都有不少熟人，又是个老头儿啦，所以这些唱戏的姑娘们就都愿意来跟我联络：有的一见面就叫我干爹，可也不送我一点礼。我也是想：自己既然拿了这笔杆儿，那么对于这般唱戏的苦女孩子们，也理应帮一帮忙。绮艳花跟魏芳霞，她们常到我这儿来，我可是对于她们家里的事，向来不打听。"

方梦渔一听，有几个关于魏芳霞的问题简直就不能向他问了，于是停一停，就说："魏芳霞不能够再唱戏，实在是可惜！前天，我在东安市场茶楼听她清唱了一出《霸王别姬》……"

冯亦禅听了这句话就笑了，说："你的那篇大作，我已经拜读过了，不错……"

方梦渔赶紧解释说："我的那篇文章绝不是捧角性质，我可不大懂得戏，但我觉得她唱得实在好。"

冯亦禅说："前些日，在给她说戏的那位陈先生的家里，我也听她唱了几句，的确是有希望。"

方梦渔说："我今天来找你就是，其实她跟我也并没有关系，只是上次在你这儿见过一回，我总觉着像她那样好的一个戏剧天才，为什么就沦落了？倘若是能帮她一个忙，叫她改为旦角，登台唱红了，不也是很好吗？"

冯亦禅问说："她愿意去登台吗？"

方梦渔说："今天我又见着她了，她说她极愿意登台演唱，她的家里也不管她，只是关于组班和联络方面，置戏衣、行头等等，还都没有办法。"

冯亦禅说：“我也有点可怜她，自从她的武生不能唱了，就在家里闲着，听说经济状况很窘，有一次我听说……”

方梦渔特别注意地去听。

冯亦禅却又不往下说了，一面收拾起他刚写完的稿子，又捏了个盐煮蚕豆，在嘴里嚼着，一面说：“她的家庭怎么样，咱们也不必管，不过咱们要是帮助一个女子能够自立生活，并且能够养家，总也是一件好事。只是她早先唱过武生，要改为旦角，无论她唱得多么好，人家也不大相信。”

方梦渔说：“可以叫她改一个名字，改一个漂亮而又招人注意的名字。”

冯亦禅笑着说：“你倒像是一个捧角的老行家。总而言之吧，她要是登台，给人当配角，或是挂二牌，我觉着我能够办得到；要是叫她自己组班，一出台就挑大梁，我不是没那力量，怕没有人肯给她配，怕找不着园子，怕她不行！”

方梦渔说：“我认为她一定行，就请你给我介绍几位梨园的朋友，我自己去接头。”

冯亦禅说：“你可得请客！”

方梦渔说：“我就预备这个礼拜日，在宴华楼大请客。”

冯亦禅又笑，拿起酒盅来，问说：“你喝不喝？”

方梦渔摆手说：“我不喝，饭我也吃过了，你随便地用饭吧！咱们慢慢谈谈，无论如何咱们得帮助魏芳霞成名。”

冯亦禅又端起饭碗来吃饭，说：“你到底是年轻人，爱管这些闲事，不过你的心是好的，我也知道。同时我也愿意魏芳霞能够成一个差不多的角儿，她家里的生活，也就能够解决了。你既然肯给她出力，我当然也得尽力帮忙。不过就是你刚才说到的戏衣、行头，还都没有办法，这却是个大问题。你是想叫她一举成名，行头更不能够将就，因为好角儿，尤其是个新角儿，更得有又新又好的行头才好。”

方梦渔点头说：“这我知道，我自己是没什么钱的，可是我还有信用；在经济界我有几位很靠得住的朋友，今天我已经写信给他们了，请他们凭我的信用，借一笔款项给我。”

冯亦禅说：“你那几位朋友，当然是很有钱，又跟你很有交情，——甚至是彼此不分的朋友了？”

方梦渔点了点头，说：“一个是我的表兄，他在上海一家大公司里当总经理；一个是我的同学，他是个银行界中的人……”

冯亦禅说：“行了，有这么两个人，要想叫他们拿出些钱来，当然是不成问题了。不过，我想你要是实说你是为帮助一个坤伶，才向他们借钱，恐怕他们不但不借，还得要把你教训一番，顶好你向他们说你是要结婚，对方是个好漂亮的女子，非得你给置很多的新衣裳、打金镯子、买钻石戒指，还得要几千爱情保证金，那么一来，你的表兄和朋友就能够很快把款子寄来了。”

方梦渔脸红着笑了笑，说：“那成了什么事？我不能够为这事跟人说谎呀？”

冯亦禅却正色地说：“怎么会是说谎呀？这明明是真的。”

方梦渔说：“你把我的意思看错了，我要帮助魏芳霞出台演唱，完全是为可惜她这个戏剧的天才，还不只是为叫她挣钱养家，因为那用不着使这么大的力。”

冯亦禅说：“原因当然是你爱她。”

方梦渔说：“我一点也没有想到爱的方面，我并且丝毫没有什么用意，将来可以叫你看事实。”

冯亦禅又笑了笑，连气儿吃完了他的饭，又喝了一盅酒，便说：“那么你就先回去吧，事情就这样办啦，我明天先找给魏芳霞说戏的那个姓陈的人去问问，那人是个老说戏的，外号叫陈神仙，讲究起来，他是无所不通，可惜自己一辈子也没走运。然而他不但有学问，还有眼力，我去问问他，他要说魏芳霞行，那就是有把握，你就可以投资，我也可以出力，不然也是白搭，我还得把魏芳霞找来问问，她到底都会什么戏，然后就着她的戏去办行头，没有用的就不置，除了戏衣和实在不能跟人借用的东西之外，我都可以去找小碧芬去借。她不像绮艳花那么小气，自己的东西连别人动一动也不许，这样一来，可就省钱得多了。好在打出名去，她挣了钱可以随时添置，北平有这么些家戏衣庄，置什么行头都用不了几天。“根据她的戏路子，咱们再给她拉配角，譬如说她唱《别姬》，咱们替她请一位武生名宿，给她配霸王；她要唱《四郎探母》，咱们请一位著名的老生去杨延辉。人家当然是不肯，可是我有面子，把你带了去一同求人家，人家便不能不给个面子；那样一来准保把魏芳霞马上就捧红，这是毫无问题的。此外请一请经励科的几位出名的人，请一请馆子里拿事的，——就是戏院的大经理呀，再有好底包，有地方出演，然后再加上海报吹嘘，我的剧评一喊好，那就又造成了一位女梅兰芳！”

方梦渔听了不禁喜欢，又连连地拜托。

冯亦禅说：“你也不用托付了，我必定尽力去办，只是有两件事是最要紧的，第一是得看看你那笔款，到底筹得到筹不到？第二是看魏芳霞，别看她会清唱，可是真登了台演大轴子，还不知道她行不行？”

方梦渔对于这两件事，心里也不由得又考虑了一番，然而他确信，款子是没有问题的。他一向坎坷潦倒，就是现在做报馆的编辑，收入也不丰厚。朋友都知道他依旧在闹穷，他的同学在前几个月还来信，问他需不需要经济上的帮忙，他回信说是不需要。他表兄也恐怕他过不去旧历年，曾要汇款接济他，也被他赶紧去信拦住了。他向来是不受人的怜助，而在道义上，有时还用他那几个仅有的钱，去尽力帮助别人。他从来没有向任何人手背向下，求钱或是借钱，所以他认为今天发的那两封信，一定很有把握。同时他更相信，魏芳霞对于登台也一定有把握，因为她在过去有舞台经验，何况这些日子又接连不断地下苦功夫研习，唱大轴子还能够不行吗？

他认为冯亦禅有点太过虑，可是现在他这么想也好，将来把事实摆在他的眼前，他一定要吃惊的。正像他疑惑我跟魏芳霞是有爱情，那顶好将来叫他看，他就明白了方梦渔绝不是因为有什么企图才帮助一个女伶呀！

他默默地坐了一会，看着那位冯蓉贞姑娘，已经把她爸爸眼前的盘碗筷子连酒盅全都拿走了。冯亦禅又说："你看我这个女儿，我就绝不让她学戏，学戏倒不难，只是应付环境太不易。现在我也不必多说，将来你看魏芳霞真要把戏唱红，那时候你就知道了。"

方梦渔却说："那我都不管，我只是帮她点忙，叫她能够出台演唱就是了！至于她的环境，别管是将来的还是现在的，我一定都不加过问，因为我跟她并没有什么关系。"

冯亦禅也点了点头。

方梦渔又托付了几句，约定的是后天再见面，他就走了。心里是越想越觉着高兴，恨不得立刻就去找魏芳霞，把冯亦禅应允的那些话都告诉她，叫她也喜欢才好。

他回到报馆，还是心神不安的，稍微定神一想，就恍惚芳霞穿着崭新的行头，在他的眼前登了台，耳边仿佛还有许多的人鼓掌喊好，然而这都是他的幻觉。他不但有这种幻觉，心里还分明地对芳霞生出一种倾爱，这可真叫冯亦禅说着了，然而他决定不叫这种心理发展下去，他一定要设法控制着。他认为这是异性相遇时必然有的一种吸引力，不能就算是爱，尽管感情上彼此好，理智上可绝不接近，这就是一个人应当有的修养，不然我还不是为贪色而捧角，与"登徒子"又有什么分别？

第二天他急盼着魏芳霞来，他在报馆等了一天，可是魏芳霞没有露面。他觉得芳霞对她自己的事，竟这样不热心，未免叫人生气。又想：她许是家里突然生了什么问题，不然就是生病了？因此又很不放心。晚上原想再去找冯亦禅，可又不好意思，因为也得叫人家慢慢地去进行呀！昨天晚上刚说的，今天晚上又找去，显得是去催，显得是太情急了，为造就一个坤角，要是这么情急，也难怪人家要疑心的，所以他极力地不想这件事，也没有出门。

编辑室里电灯通明，新闻的编辑们在发稿子，外勤记者是趴在桌上写消息。电话铃还不断地响，他帮助人家接电话，接了一段本市新闻，再接却是女人的声音，使他兴奋了一下，以为是魏芳霞打来找他的，细一听，原来是一位佟记者的爱人，他赶紧把听筒交给了佟记者。佟记者在电话里跟情人对谈，几位同事就在旁边直打耍，方梦渔也不禁笑了一笑，可是他这一笑不要紧，别人把兴趣立时就都转移到他的身上了，一个就问："怎么样，那位密斯魏没有再来吗?"另一个问："你没再上东安市场茶楼去吗?"还有人追究他跟魏芳霞的爱情已经到什么程度？他却极力地否认，并且连正在极力帮助芳霞的事，也一字不提，旁边的人却还不住地笑。由此，大家就谈论起魏芳霞来了，有的说："长得真漂亮，要是登台，一准能有号召力。"有的说："我听她清唱过，的确不错，现在要论女票友唱得好的，还就得数她了。"这些话灌到方梦渔的耳朵里，真是十分地高兴。只是那位编本市新闻的廖先生却说："我早就听过她的戏，她的武生还唱得不错，只是嗓子有点窄，要是改学旦，恐怕不大行吧？……"接着又悄悄地跟别人谈了几句，方梦渔没有听见，然而他的心里很不痛快，并且生疑。

《繁华报》的报社里，夜晚大家的工作是很忙碌的，同事都有说有笑，很是热闹。然而方梦渔却又走回他住的屋里，为魏芳霞去计划一切，去幻想一切。

如是又过了一天。

到了这一天的晚间，方梦渔又去找冯亦禅，站在屋外一问，冯蓉贞却由屋里出来，说："我爸爸没在家，他上教戏的陈先生家去了，魏芳霞今天也去。我爸爸临走的时候说方先生要是来了，请您到那儿去见面。"

遂就说了那教戏的陈神仙，家住在宣武门里什么胡同，门牌多少号。方梦渔听了就连连说："好好！我找他们去吧！"他回身就急急忙忙地走，出了门，赶紧雇了一辆车，就往那"陈神仙"家里去了。

第五回　酒尽灯阑太息愁无款　风微雨细小步忆多姿

陈神仙住的也是一个杂院。一明一暗，共合两间房，里屋有炕，他的家口大概不少。外屋摆着的东西却很少，原来教戏就在这个地方——这也算是个“台”。

方梦渔一来到，进了屋一看，冯亦禅、魏芳霞，真是全在这儿了。魏芳霞今天穿的是浅绿地儿印着紫色花儿的洋布小褂，下面是同样材料的长腿裤子，穿着绣着一朵花的绿缎鞋，头发向后拢着。她正在求“陈神仙”矫正她的身段，看见方梦渔来了，都没顾得说话，只在袅袅娜娜地走着；学的大概是《鸿鸾禧》的金玉奴，不然就是《挑帘裁衣》的潘金莲。那头发都白了、没有胡子的瘦老头子，这就是“陈神仙”了，在旁边点点头，认为是不错。

冯亦禅吸着卷烟儿，靠墙站着，说：“今天我们这位陈老哥，为着他这个徒弟，可真是煞费苦心了！因为，芳霞的唱功儿，他是完全放心，从芳霞第一句唱嗓儿，就是他老哥给教出来的。韩老四刚走，他拿胡琴一托，我也听过了，芳霞至少比绮艳花得多打五十分，比小碧芬高得又不止一倍了，绝对有百分之九十的把握。就是身段还不太边式，陈老哥打算在两天之内把她排练好了。你也来看看，你也并不算全不懂行，见到哪一点，你也可以指正出来。”

这时陈神仙的嘴里就“呔呔呔”，做出小锣的响声，魏芳霞就做出各种袅娜的身段，仿佛在戏台上一样，据方梦渔看来，已经是尽美尽善的了，但陈神仙还能够挑剔出一两个小毛病来，这位教戏的老先生真是严格，而魏芳霞也郑重其事，细心地学，更一点也不笑，一点也不脸红，虽与方梦渔近在咫尺，方梦渔从头到脚地这样看她，她也不在意，竟如跟方梦渔是一点不认识的样子。

这屋里没有电灯，只是靠墙角一个茶几上，放着一盏煤油灯，灯的光昏昏淡淡的，屋里好像布着一层雾，雾里就“漫步拟仙”的魏芳霞做出各种柔美的身段。此时方梦渔的心里很有几种感想，他觉得：旧剧中的旦角，尤其是花旦和闺门旦，她们的身段和做功太妩媚了，妩媚得近于有点夸张；正如那些“流行小曲”的歌唱者的女高音，一般的女性声音，不尽是那般尖细的。然而女歌者的嗓音是因为尖细，花旦做功是因为妩媚，所以才特别地受人欢迎，原因是顾曲者，听戏的，究竟大多数是男性，所以应当在他们的眼前特别夸张地表露出来女性美，这就能够成功。近来“坤旦”所以容易唱红，“坤角武生”之被淘汰，原不足异，魏芳霞本来就是个娇艳妩媚的女性，早先唱《挑滑车》确实是违反她的生理，今后的女扮女，妩媚之中再学妩媚，无疑问地管保能唱红了，不过……方梦渔现在的两眼简直有些发呆了，他想：这么千娇百媚的一个女伶。将来若再唱红了，捧她的人还会少吗？那时我算一个什么人，我是应当从她的身旁引退呢？……他不由得越想越远了。

忽然冯亦禅说：“行啦，魏姑娘也应当休息会儿啦，我看你的功夫，就是不够十成，也已经够了九成，挑大梁够了。来，咱们到里屋，就一同筹划筹划吧！”这时候芳霞才过来跟方梦渔说，只说的是：“这两天我也没得工夫到您那儿去！”同时她一笑，这笑是很表现亲切的。

掀开帘子一同进了里屋，里屋有陈神仙的太太．还有大小五个孩子，真是没有个空地方。然而他们一个个地都上了炕，并把方梦渔让在最里边，他在当中盘膝一坐，倒像个老和尚。芳霞是披着红绒的夹大衣，半跪在他的旁边。一张长方形的炕桌，摆着笔砚，还有冯亦禅写好的几张单子，芳霞拿起来都交给了方梦渔，他就借着灯光，一张一张地看，原来一张是编排出来的戏单，上列着前三天“打泡戏”，第一天的大轴子就是《霸王别姬》；第二天是《四郎探母》；第三天是全本《虹霓关》，芳霞打算头本演东方氏，二本去丫鬟。配角方面，据冯亦禅说他已经见了著名的青年小生贾如云，答应了给魏芳霞帮忙，老生打算邀二路老生胡秋声，陈神仙说他托人去说，大概也无问题。小花脸、老旦、大花面，以及还得有个二三路的坤旦，好配着唱《虹霓关》，好两个人换演夫人跟丫鬟，这也都容易请。只是武生，是一个问题。芳霞早先学武生的时候，倒有一个表哥，叫“赛筱楼”，出过名，可惜嗓子不行，不走运。冯亦禅也打算请一位驰名的武生给配搭，可是人家要给芳霞配《霸王别姬》，大概就是“挂并牌”，也未必愿意干；陈神仙觉得：“别姬”这一出戏头路旦角与头路武生合演，自然是相得益彰；普通的旦角，得到头路武生合作，也可以声价十倍，然而魏芳霞算是一个新角儿，她要是以原来的名字上“海报”，真许有人以为她就要勾脸扮霸王了，要是另起一个陌生的名字，千求万请得到了名武生的配合。声名必为人家所掩，她倒成了配角。为这件事情，就大家研究了半天，结果芳霞主张请名气次一点的武生王振飞，就这样决定了。还有一张单子，却是所需的行头，一件一件写满了一大张纸，凡是能借用的，冯亦禅都加了一个圈，以资识别。无法借用而必需自置的，真不在少数。陈神仙还估计了一个大概的价钱，至少得几千，然而方梦渔说，这他也能办到。第三张单子是请客，本星期日都应当请谁，至少也得两桌。这张单子，方梦渔当时就收在怀里，他说明天就到饭庄去订座。还有冯亦禅说：“这不在单子以内，就是芳霞既想成为名坤伶，就不仅是得有新戏衣，还得有阔绰的新便服。头发是必须烫，不摩登还行？还得多洗几十份便装的小影，预备送人。三天‘打泡戏’，要是成绩不好，那赶紧就得排《纺棉花》，去抓住另一部分观众，不然这么大的亏空，将来谁还？便服不仅限于衣裳，还有首饰，虽然不必戴闪闪发光的钻石戒指，可是宝石的也得在手指上套两个，胳臂上的一只金镯是不能少的。高跟鞋的钱还有限，可是也不能老穿一双。总而言之，这是一个奢华的事儿，越阔才越有人捧。我可是一个钱也没有，我老婆跟女儿的耳朵，连个金圈儿也没有，没法借给你们。芳霞！你快跟方先生问问，他有什么法子吧？我可一点没有。”

芳霞这时的脸倒是绯红的，她一句话也说不出来。

方梦渔却说：“叫芳霞登台演戏的这件事，本是由我一人发起的，对于经济的筹措我当然得负完全责任，这不要紧。”

冯亦禅说：“我看最要紧的还是钱，有钱万事通。方大编辑，你的钱到底什么时候才能够到手呢？”

方梦渔说：“我想得再等两天。”

冯亦禅说：“你要知道，两天之后能提到款，那时再预付订钱，做戏衣，加紧地赶做，可也得一个月才能做得。”

芳霞说：“哎呀！那时间太长了！”她立时就愁起来。

方梦渔说：“我们自然应当速办，可是这也并不是这样急的事，一个月登台，或是两个月以后再登台，原是一样的，在这时期内，我们正好多联络，多准备，到时登台才有更多地把握。”

冯亦禅却转脸向芳霞问说：“你觉得怎么样？”

芳霞却愁得皱起眉来，她低着头默然了半天，才说：“我想至多等到下月十号以前。按今天算整整是一个月，日子再多，我就怕……”

方梦渔说：“日子多了有什么可怕的？再说我的心比你还急，我绝不会让日子延长得太多。”芳霞点头说：“好吧！办着再瞧吧，我也没有法子。”

陈神仙倒是说：“不要紧！越多下些日子练习的工夫，将来登台才越不发怯。”

然而这话并不能解开芳霞的愁容，仿佛有谁给她在那里限制着日期似的，日子若长了，即使全筹备好，也等于云烟，还像是必有很大的损失，所以她十分地发愁；她为什么发愁，方梦渔简直是不能理解。

当日方梦渔回到报馆，就赶紧打好了向他表兄及同学催款的电报稿子，拍发了出去，他的心很急，一面先准备下也不算少数的款子，上饭庄订了座位；一面他找朋友，求朋友转求朋友的太太，借给芳霞首饰。又过了一天，魏芳霞就来找他，他说为借款，又拍出了两道电报，芳霞似乎才安下了些心。他又带上钱请魏芳霞跟他出去，为芳霞买的时兴的衣裳材料，还有高跟鞋和半高跟鞋，另外又给了她些钱，因为她还得去烫头发。

他与魏芳霞那美丽的，且寄有无限希望的影子分了手，他自己连车都舍不得雇，就走回了报馆。他开始感觉到自己的荒唐了，因为今天跟芳霞一块儿走，替芳霞买东西，好像成了芳霞的情人，他的幻想也有些收束不住了，他觉得这真是出乎意料，实在的不该，这才是初步，将来走到哪里才算一站呢？他真不敢想，他愿意停住把这几天所说的全都不算了，然而那又如何能成？

一进报馆的门，就先找信，可是倒有些“稿友”写信求他给催稿费的，他的表兄跟那位同学的回信，竟仍是杳然。

他的脑子为这些事，弄得是又乱又急，别人跟他说话，他也听不见。他很早就去睡觉了，可是，哪里睡得着？

第二天魏芳霞没有来。再过了一天，还没收到他借款的复信。这天可就是星期日了，他今天在宴华楼请客，原订的是晚七点钟，可是五点半的时候冯亦禅就给他来了电话，叫他务必要早一点到才好，他心里也急急慌慌的，因为款还没有音息，今天的请客恐怕白请。如果大家全都愿意给魏芳霞帮忙，我倒真难办了！然而，他又不得不强打着精神。他今天特意换上了一年也难得穿一次的洋服，戴上礼帽，等到六点一刻多钟，他坐着洋车就去了。

宴华楼是在前门里，是很大的一家中餐馆。他来到了一看，魏芳霞跟一位衣着华丽的姑娘全都已经来了，魏芳霞已烫了头发，方梦渔觉着简直有点不认识她了，她穿也是新做的花缎旗袍，闪闪地发着光，穿的又是新买的高跟鞋，将她陪衬得身段儿仿佛愈为苗条、轻俏；她简直是焕然一新，手表跟宝石戒指也都有了。方梦渔摘下礼帽来点点头说：“你们都早来了吧？”芳霞赶紧给那位跟她并坐在沙发上正谈话的姑娘介绍说：“这位就是康小姐！”方梦渔虽然初次见这位姑娘，可是细一看，他就觉着很熟识，原来这就是“小碧芬”；比绮艳花出名得还早，也是挂头牌的名坤旦。方梦渔赶紧就点点头，客气地称呼着：“康小姐！”并说，“很对不起，我倒来晚了。”小碧芬抿着嘴笑说：“方先生客气什么，谁是外人呀？”这个女伶，不住地从头到脚地打量着方梦渔，仿佛要看看他是不是一个有钱的人。方梦渔也把她看了看，见她的手指上戴着一大堆发光的戒指，大概都是钻石的，可见她这几年唱戏真发了不少财，她的年纪可也不小了，至少有三十岁了，长得并不如芳霞好看，但是会做作，一举一动都像在台上表演着。她把这饭庄的伙计叫来叫去，好像今天她倒是主人。芳霞暗中把方梦渔拉了一下，走开了一些，在窗子旁边，芳霞就悄声说：“小碧芬很慷慨，今天上午我就是在她家里吃的，我现在戴着的首饰，是她借给我的，行头她也愿意都给我用，她已有很多日子没唱戏啦，她预备要跟一个阔商人结婚，这宴华楼就是那商人开的，所以现在就跟她开的一样。她愿意把她所有的行头、戏衣，全都卖给我，稍微改一改就全能穿，跟新的一样，可是比制新的便宜得多呀！”方梦渔点了点头，说：“慢慢地再说吧。”芳霞更悄声地说：“我跟她可说的是，您是上海一位阔少爷，家里开着罐头工厂，她要是问您的时候您可别不承认！”方梦渔也只好点点头。

接着就来到了冯亦禅、陈神仙，还有两位“经励科”。这两位若非冯亦禅的面子，还真不容易请，因为这两位在梨园界中很有势力，一切邀角、组班、接洽戏院等等的事情，没有他们办理，是绝不能够成功的。他们今天竟肯拨冗光临，而且跟方梦渔一见如故，直接地就说了：“魏芳霞还小的时候，我们就全都知道她，现在方先生想要叫她唱起来，我们还能够不尽力吗？您放心，只要订下日子，哪天登台，前后的事情我们都包办。”又来了一位大戏院的崔经理，经这两位“经励科”一介绍，崔经理也直跟方梦渔握手。随后又来了唱小生的贾如云、老生胡秋声、小花脸“人人乐”、大花面秦广奎、武生王振飞，还有几个“场面”上的；他们还都带来胡琴、月琴等等，因为在那儿吃完了饭，还得赶着上戏园子。还有两位三路的小坤角，此外就是方梦渔的一些熟人，不是副刊编辑，就是剧评作家。大家热热闹闹的，一共坐了两大桌，先推方梦渔发言，方梦渔就先表明自己也是跟魏芳霞认识不久，不过知道她对于戏剧很有天才，又很用功，所以很愿意帮助她登台演唱，到时唱得好不好还在她个人，能不能够成功，却在诸位……当时大家听了他的话，没有不拍手赞成的，没有不愿意帮忙的。小碧芬并且特意站起来说：“我给芳霞妹妹预先道喜，因为她有诸位这么帮忙，她又有好嗓子，好人缘，好模样儿，还能够不‘挑帘儿红’吗？有方大少爷的力量，更没问题，就盼方先生快把您厂里的罐头，多运几火车来就行啦！”说得冯亦禅一些略知方梦渔底细的，都有点莫名其妙。陈神仙也说：“就是钱，款项凑齐，明天就可以叫芳霞出台。”那位崔经理也说：“再有一个礼拜，现在我们那儿演唱的那个班子，合同就满了，最好魏姑娘能够在两天以里跟我们就订合同，我们就用不着去邀别人了。”当时那些位副刊大编辑就齐都拍掌，说：“好！好！越快越好！我们回去就发消息。”几位剧评家也说：“我们回去就写稿子。”芳霞却斜着脸用眼睛来盯着方梦渔。方梦渔虽然着急，款项还一点没有着落，但是到了现在，自己能够说了不算吗？要是一泄气，不叫大家都得失望吗？也就不像“罐头工厂的少老板”了。这还都不要紧，要紧的是芳霞的面子呀！发起人要是一露穷相，谁还能给她帮忙呀？再请人家，人家可也不来了。所以他就一声不语，都来了个默认。当时大家就都吃了起来，他却连半杯酒都喝不下去，心里真没把握。芳霞到底沉不住气，特意走到他这边来，问说：“那么，待会我就还到小碧芬家里，试试她的那些戏衣，不过她可说是先得付她……”方梦渔没有答言。芳霞又说，“崔经理催着订合同，您说到底订不订呀？”方梦渔说：“订就订。”芳霞喜欢着说：“那，我们可就由明天起赶着排演啦?”方梦渔说:“排吧!”芳霞又悄声地说:“跟戏园子订合同,按理说,人家得先付点款,可是我一个新角儿,到时叫座不叫座,人家还不知道就是先给点钱,还不够配角预支的呢,无论如何您也得赶紧预备现钱!”当着好多的人,芳霞跟他叽咕叽咕的,惹得大家都注意了。他不愿意大家误会芳霞跟他有什么特殊关系,所以他就不耐烦似的,连连地点头说:“得啦!得啦!你就都放心吧!我一切全都能办得到!”

芳霞立刻跟个小锦鸡似的,欢跃跃地走开了,方梦渔在这里却更发了愁。

华灯之下,大家谈谈吃吃。尤其是芳霞的姿容,隔座望着,也是那么美丽悦人,小碧芬和那两个三路女角,哪个比得上?慢论姿容,不说打扮,就讲究那份“仪态”,她真是“仪态万方”,有若富家小姐,又似受过高深教育的女学生,还有点像名士的太太。像芳霞这样的女子真是少有,为她,牺牲了一切也不冤呀!所以方梦渔也不再想了。

待了一会,大家都吃完了,离开了座位,那几位“角儿”跟“场面上的”,因为今天还有夜戏,所以都先走了。两位“经励科”和崔经理,还有几位编辑、剧评家,又都跟方梦渔商量了半天。方梦渔却说:“因为我对这些事都外行,所以我都委托冯先生办理好了,他就是我的代表人,也就是芳霞的代理人。”

这时候,冯亦禅已经有点醉了,躺在沙发上要睡着。小碧芬用手推他,说:“干爹!干爹!人家方先生可把什么事都委托您给办了,您倒是答应不答应呢?”冯亦禅糊里糊涂地答应着说:“好!好!好!”旁边的人都不住地笑。又谈到芳霞登台应当换个什么名字,因为有个新名字,就说是新角儿,在号召力上更能够增大一些。结果由方梦渔给起了个名字,叫“霞美卿”,小碧芬当时就拍着芳霞的肩说:“哎哟!霞美卿,这个名字有多么美呀!我看还不如叫方霞美卿呢,得啦!那等着将来再那么叫吧!”听了她这话,旁边又有人不住地笑,芳霞脸也红了红,可是装作不明白。方梦渔倒是看了她一眼，可是想也用不着解释，由他们，爱说什么就说什么吧！大家商量了半天，抽烟喝茶，又谈了些闲话，就陆续地都走了。因为冯亦禅喝醉了，方梦渔就叫饭庄的伙计叫来了车，请陈神仙把他送回家去。芳霞是要跟小碧芬一块儿走，她临走的时候，还说："那么，方先生，明儿见吧！那事情您可千万给快着点办！"方梦渔明白说的是钱的事情，当时也就连声答应。她们都走了，方梦渔在这里把这两桌酒席钱全都付过了。这就不少的钱呀，他两个月也挣不来呀。这一下，简直就算花光了他的积蓄。他走出了饭庄，连雇车回报馆的钱都舍不得花，然而他一面走着一面在想：如若款项实在借不来，那我就买一张飞机票，飞到上海去找表兄和那个同学当面借款，借到就再飞回来，借不到就不回来了……可也不像话呀！以后可还怎么见人？

他并不认为自己干了荒唐事，为了芳霞，身败名裂也是应该的，而且自己并无其他企图，这更光明磊落。办不到，至多她骂我是骗子，但我的心确实对得起她！

一边想着就走回报馆，上海的两封回信全都来了，他先拆开那个同学的回信，只见上写：

……目下金融奇紧，行中业务且感萧条。弟家口负担过重，薪金数字虽多，唯亦捉襟见肘，向之积蓄，早已垫干，且负重债……

方梦渔不往下再看，就给扔在一边，他的心头开始发紧。再看第二封，他的表兄是用白话写的：

到底是怎样一回事，你要用这么多的钱？别是跟恋爱有关系吧？目前的女人多半靠不住，我的钱不要紧，你要掉在爱河里来个灭顶，那可就完了……

他觉得这封信还有点希望，于是心生一计，赶紧拟电稿，上写：

表兄：我确系为结婚。对象魏女士为大学生，人好、家世清白，唯布置家庭急需巨款，千万千万多多汇来。弟不幸如兄言，已掉在爱河，如不拯我，吾死矣！……

他也不管这个谎编得能不能叫人信，不过也已经够紧张的了，赶紧就亲自跑到电报局发了这件快电，他才放了一点心，眼前又幻出芳霞登台的妙景来了，他又不禁很是兴奋。

第二天，冯亦禅找他来，说："昨天晚上我多喝了点酒，就醉了，糊里糊涂的，你们后来到底是怎么决定的呀？今儿大戏院就派人来催我去，要商量着跟魏芳霞订合同。"

方梦渔说："我的款项绝对有把握，多了没有，足可以付小碧芬一点，先买她一两件戏衣。"

冯亦禅说："要卖她就全都卖，连新的带旧的一包在内完全卖，她不为打发她这些货，她恐怕连一点忙也不肯帮，她认定了你是开罐头厂的。"

方梦渔说："这也是真的，我在上海是有点股份，不过……"他想了一想就说："钱是毫无问题，你尽管放心替我去办吧，我还能叫你到时候为难吗？"

冯亦禅也信了，跟方梦渔又商量了商量，就走了。

过了一会儿，芳霞又来了，说："大戏院的崔经理也请您去，说是下礼拜六起，就叫我唱，离着现在不过十二三天……"

方梦渔说："在这几天之内，我的款子必然凑成。"芳霞说："这小碧芬的戏衣我都试过了，倒还合适，有的得稍稍改一改，也不费事；还都是新的，有的是八成新的，买着也倒还值．只是她要先对付点款……"

方梦渔说："至迟再有三天，款一准到。"

芳霞又说："大戏院的合同大概是不讲包银，到时候看上座儿多少，前后台批账，人家一个钱也不能先给，可是什么不用钱呀？……"

方梦渔说："明后天就有钱，合同你和冯亦禅斟酌着跟人家去订吧，我不必参加。反正你放心，我的钱已经有了把握，我一点也不能骗你！"

芳霞脸一红说："您说这话干吗呀！"紧接着她簌簌地掉下几点泪来说："我也不是催着您要钱，更不是不信任您。不过，您也是没钱的人，我知道，无论跟多么好的朋友借钱，一借就借这么多，也不是件容易的事，我心里有话说不出来，我想您要是太作难，这事就可以缓办，本来我登台的事情真是想不到，早先连想也不敢想，方先生这份热心，我已经很感激啦，可是要为这件事叫您为了大难，我的心也……"

方梦渔笑着说："我一点也不作难，你想，我当初要没有把握，我敢说那些话吗？钱是一半天准能借到手，并且将来还不还都不要紧，你放心去办吧！只祝你到时候来个'挑帘儿红'！"

芳霞笑着说："您这么一说，我更害了怕啦，到时候唱不好可怎么办呀？"

方梦渔说："那没有关系，我们还是尽力而为，最要紧的是我们借此结了一番友情。"芳霞擦着眼泪，说："那么，我走了……"

方梦渔说："你走吧！你一切都放心好了！"

他望着芳霞的背影，回忆着芳霞刚才流着眼泪的神情，和那宛转的言语，心想：那大概就是爱河吧？我可千万别掉在里头，来个灭顶。其实掉在爱河里头，虽无怨，可是何必呢？我并不是拿撒娇、耍赖，拿跟亲戚借来的钱去换爱情，我欺骗我的表兄是因无法，但我若借此诱惑一个女子却是罪恶。

他克制着自己，又怕那封急电也遭表兄的拒绝，可是又相信表兄是很关心他的，而且表兄太有钱，款子大概是不成问题的。

现在他不再出门了，除了照常编副刊之外，就是等着汇来款。他的脑子里不断地幻想着芳霞的丽影，盼"霞美卿"当时就出了大名，而成为名坤伶。

第二天，很多报上的副刊内和"戏剧"栏里，都披露了新起的坤伶“霞美聊”将要在大戏院露演的消息。芳霞打来了电话，说是合同已制定了，她现在已经开始跟配角们联络、排演了，一点工夫也没有。又说：已经把小碧芬的戏衣拿去交人改了，另外还做了一件，又配了点东西，大概有四天就都能做好……可没说到给了订钱没有。大概有小碧芬的戏衣押在那儿，戏衣倒不必先交订钱？可是倘若款项无着，把人家的戏衣也拆了改了，也押了，取不出来了，那个麻烦才真算不小！

他就急盼着他的表兄千万拯救他别死在“爱河”。

果然，又过了一天，他的表兄真从上海给他汇来了一笔款，数目虽不如他起初所希望的那么大，可也差不多了。他想当时就去找魏芳霞，可是魏芳霞的那个家，他还是不愿意去，就等着吧，反正他这时的心里已经十分平静了。芳霞登台的事，是已经办成了，就等着看戏了。她的戏再一唱红了，那就算诸事完毕，慢慢再给表兄去信说实话，反正是只此一回，我又是为帮助人，并不是干了什么荒唐事，他一定能够原谅我的。

芳霞是傍晚才来的，她因为整天加紧练习排演，累得仿佛都瘦了。方梦渔把汇票拿出来给她看，她真是喜出望外似的，方梦渔就说：“这些钱虽然不足，可大概也差不多了，小碧芬的戏衣，咱们只留下她几件新的，其余的也不说不要，以后再有钱的时候，再买她的，你说行不行？”芳霞说：“那有什么不行的？这些钱，我想也不用都给她。”

方梦渔却把汇票交在她的手里，说：“你拿去，该怎么支配，你自己去细想，或是跟冯亦禅和你师父去商量。”芳霞接过来汇票，好像有点羞愧似的，歪着头又问说：“那么您自己没有什么用项吗？”方梦渔说：“你看我的生活这样简单，像是有什么用项的吗？”说着向她笑了笑。芳霞又有些怯懦地问说：“那么，您借的这笔钱，要多少日子还上呢？”

方梦渔说：“这你就不用管了，你就只管用去好了，将来如果戏唱好了，戏院批了账，剩下的钱须先顾你家里的生活，大概你的家庭如果经济问题解决了，就不会再有什么困难。”芳霞听到这里，脸不由得一红。方梦渔又说：“这钱是我牺牲信用，跟我的表兄借来的，将来你唱戏攒下了钱确实有富余的时候，再还自然也好，就是不还，也不要紧，你不用往心里放好了。”

芳霞忽然眼睛又有点发胀，勉强地笑着说：“到了时候，我给您留下前三排的座位啦，您是每天都有工夫去吗?”方梦渔说：“我自然得每天去听你的戏，可是你也别特给我预备座位，我买票去站着听也不要紧，我绝不希望享受特殊权利。还有，芳霞！你别觉着你这次能登台，是我帮的什么忙，别人比我帮你的忙更多。没有冯亦禅不行，他那里，将来你倒得有点表示，同时这是你自己的才干和人缘，并不是我的什么关系!”

芳霞的眼泪已挂在睫毛上了，晶莹得就像是钻石似的，她娇笑着说：“我就不听您的这一套!”她听见后面有脚步声，赶紧回头看了看，是排字房小徒弟送副刊的大样子来了。她就带起来那张汇票，说：“那么，方先生我走啦。”方梦渔点头说：“好好好，你走吧！若有什么事情，你随时给我电话好了。”他手里拿着那张油墨还没有干的大样，听着芳霞的高跟鞋声“咯咯”的渐渐远去，却不禁地若有所思。

虽然钱的问题是解决了，戏院和配角也都定了，但是方梦渔仍然不太放心，因为芳霞的戏虽是唱得好，可是运气也不能不信，万一登了台，唱几天还不能够唱红，那照样儿还得闲着，没有人再邀。糟践些钱，白出了力，还都算是小事，芳霞可是仍旧没前途，反倒遭受绮艳花的窃笑。因此，方梦渔倒像自己要登台挑大梁唱坤旦似的，心里不断地一阵阵紧张。

他每天把许多份报馆的交换报凑在一块，专看关于芳霞——“霞美卿”的消息和评论。大戏院已经在各报都登上了巨幅的广告，“霞美卿”三个字比“报头”的字都还大，压得其他戏院名角的广告好像都黯然无光。这时恰巧由上海新来了个名坤伶叫“金牡丹”，广告的地方也占得不小，并且登上了铜版相片，是“蛮漂亮”的。

“金牡丹”出演的戏也在西城，而且“打泡戏”的日期跟魏芳霞一样，贴的是《玉堂春》《大劈棺》《纺棉花》，这些女角儿唱来最能叫座的戏，简直是要跟芳霞打对台。

方梦渔看了，心里就有点生气，同时更紧张，不过还好，各报的戏剧版都把“霞美卿”预先揄扬得很厉害，说是什么“名媛出身”“花衫正宗”“举止娴雅”“扮相秀丽”，其实她可还没有登台呀！这大概都是冯亦禅做的，用了许多的笔名发表。独有一份专载戏剧的报纸上，却为那个“金牡丹”宣传，并且还把芳霞的底细给揭穿了，说她是武生改行的，大概“唱花衫”也忘不了踢腿、拧旋子。方梦渔看了，心里又很不痛快，芳霞的得失、毁誉，仿佛就都是他自身的事情，他为这些事，把情绪弄得十分的杂乱。

也许是紧张之故，两天没有出门，他竟害起伤风来了，不住地打喷嚏，流鼻涕，头痛眼酸，身上还有点发烧；吃了“阿司配灵”，盖着棉被躺了半日，也没有一点汗。过了明天一天，后天就是魏芳霞登台的日子了，天又阴霾，下着毛毛小雨，他心说：糟了！雨要是连日不晴，谁还去看戏？万一要是三天“打泡戏”，连三成座儿全都上不了，那时候可是“芳兮芳兮奈若何”……

他已有三天没见着芳霞，真恐怕芳霞也害了伤风，那可就登不了台啦！这天气凄惨得令人发愁又发急，他想去找冯亦禅问问：“怎么样了？后天芳霞一准能够登台吗？”并想上陈神仙的家里去看看芳霞在怎样排演，可是他实在身上发冷，懒得迈步。

他穿着很厚的大棉袄，趴在桌上，握笔凝思，想写一篇“行将一鸣惊人的霞美卿”。才写了两三行，就听见外面的雨声中，有细碎的高跟鞋的声音；女子走路的声儿可跟男人不同，尤其这高跟皮鞋的声儿更是两样。他当时就停住了笔，仿佛头也不发沉了。接着，高跟鞋的声音越听越近，并听见衣裳窸窣地响，门一开，看见来的正是魏芳霞。

她穿的是一件“玻璃雨衣”，戴着“玻璃”的雨帽，真是格外的标致，一进屋来她就说：“哟！屋子这么黑，您还写字？也不开灯?”说着，随手就“吧”的一下，把电灯弄亮了。

方梦渔打了一个喷嚏，擦擦鼻涕，就注意地看了看芳霞，见她电烫的卷曲的头发，浅绿的新毛料的合体旗袍，都罩在挂着微细水珠儿的透明的雨帽雨衣里，美丽逾常。她瘦了一点，脸上的胭脂可也多了一点，比早先像是又小了两岁，苗条健美的身体，站得离着他这么近。她笑着说；“我给您送相片来了!”说着把她藏在雨衣里的一个牛皮纸的口袋就交在方梦渔手里。

方梦渔赶紧把纸袋里的相片抽了出来，这是芳霞新照的，一共是四张，其中三张是戏装：一张扮的是《霸王别姬》中的虞姬，刚健而婀娜；一张大概是《春香闹学》里的春香，不然就许是《红娘》中的红娘，显得那么娇小玲珑，娇憨可爱；还有一张却是《女起解》里的苏三，那个姿态，超过绮艳花的相片百倍以上，并且都上着艳丽的颜色。方梦渔说：“这可糟了，有颜色的相片不能做铜板呀!”

芳霞说：“谁叫您给登报啦?这是送给您留着的!”

她抽出了另外一张便装的半身小影，虽然没涂颜色，可是比有颜色的更美丽。这相片是最近照的，实在比新年在厂甸初遇见的时候更美丽了，这是谁家的少奶奶吧?要不然就是新选出来的什么都市“小姐”?方梦渔拿着相片，不住地扭头看她的本人。

芳霞笑着说：“您看我干吗?我叫您看的是相片!”她又一笑，说：“我还忘了，送人相片应当在相片上题几个字。”当下就拿起来方梦渔才放下的那支毛笔，在这便装相片的旁边，写上：“梦渔先生：芳霞谨赠，×年×月×日”。方梦渔的这笔虽然是一支秃笔，但她写出字来却是那么清秀，她真有点才学！不过这上下款的称谓太普通了，可是，大概也没法再称呼别的啦。临了，芳霞放下了笔，就催着说：“快收起来吧！快收在抽斗里吧!”

方梦渔又打了个喷嚏，说：“我这两天闹伤风，重感冒，我不敢去找你，怕把你传染了，到时你登不了台。”芳霞说：“哪能够就那么巧?可是您到医院去看了吗?”她表现出十分关心的样子。

方梦渔说：“用不着看，这点小病，过两天自然就好了，只是我发愁这天气，后天晚上要是还下雨，可怎么办？”

芳霞说：“得啦！您就别再为我的事情发愁了！您看，这两天把您都愁病啦！下雨没有关系，后天晚上就是下大雨，我也不能‘回戏’，我照样儿唱，谁爱听不听！”

方梦渔看了看她，露出一点诧异的样子。

芳霞却说：“这并不是我赌气的话，更不是我还没有登台，就先灰了心，是我已经满足了，我多日来恨我落伍。现在我不落伍了。我多日来感觉没人理我，现在有人理我了，我一生就没遇见过人帮忙。早先我是叫人瞧不起的，现在被人重视，这就够了，死也不冤！”

方梦渔说：“怎么能谈到死呢？”

芳霞一笑，说：“人还能老不死？我能老唱戏？您能到一百岁还当编辑？”

方梦渔说：“虽然这么说，可是咱们离着死，大概还早呢，我是个文人，我还不做无病呻吟，你刚要出台的年轻大名伶，为什么先要说这颓唐的话？”

芳霞说：“我就是这么个人，日子长了，您自会知道。”

方梦渔说：“大概日子长了，我也不会知道的，因为你的心思太深了，把许多的事情都藏在心坎的深处，还关上七重八重的小门儿，我又是一个懒人，我不耐烦去叩你的心扉，得了吧！打住这些话，还是谈谈到了后天晚上你是预备怎么登台去唱戏吧？”

芳霞紧紧地咬着嘴儿，她的眼泪早就要流出来了，可又仿佛是用力地忍了回去，她强作欢笑地说：“全都预备好啦，就盼到那天，您的伤风好了，就得啦！”

方梦渔说：“我就是得了痨病，也要天天去听你的戏的。”

芳霞指着说：“这可是您说颓唐的话！”

方梦渔说：“我嘴里说这个，心里可没什么。”

芳霞没有再说什么，她也不坐下，虽然摘了雨帽，可是披着雨衣。

芳霞本是欢欢喜喜地来的，但听了方梦渔的这几句话，竟又惹起来她的忧愁，她把手绢掏出来，轻轻地擦了擦眼泪，紧紧地捂着嘴唇，发着怔。

方梦渔倒很后悔，觉着自己跟她说的话，有些太不客气了，难道帮助了人那点钱，还不是说将来就不叫人还了，就算有了什么权利了吗？所以他赶紧笑着说："可对不起！我这两天伤风，弄得我浑身都难受，说话也许急一点，你千万别多心。"

芳霞说："我多什么心？我看您的心眼儿才多呢！说话也厉害，什么叫不耐烦叩我的心扉，您真不愧是文学家，说话也净咬文嚼字儿。"

方梦渔说："不要再说了，我再问问，后天你就要出台唱戏了，但这事你家里的人知道不知道？"

芳霞说："这事情还能够瞒人？虽然行头都搁在小碧芬的家里，跟包的人也就用她的跟包的，可是我连唱几天夜戏，十二点以后才回家，不先叫家里人都知道，那还行？"

方梦渔点了点头。

芳霞又说："您别以为我家里的人都是怎么的古怪，都不赞成我唱戏，您见过我妈，您是知道的，对于我的事，她向来也不干涉，再说我从十三岁就唱戏，现在再唱戏并不新鲜！"

方梦渔说："那么，真的，由后天起你要是唱红了，将来也可以到上海去唱一唱呀。"

芳霞说："我就盼望将来出外，出外我可就不回来啦！"

方梦渔发了发怔，然后说："你这句话可又有些叫人听不明白，你的家庭既是很自由，你又为什么希望永久离开家呀？"

芳霞说："像您，也不是此地人，您还想回家去吗？"

方梦渔说："我是来到这儿做事，不是跑到北京唱戏来了，我又是一个无家可归的人，孤身一人，云游天下，到处为家，跟和尚一样。你是个姑娘，怎能跟我比？再说，我是上海人，在上海还有亲戚，早晚还是要回上海去的。"

芳霞说："我说我到上海不回来，也是因为您在那儿。"

她这句话，倒使方梦渔吃了一惊，因为这话里好像还有话，竟似有天长地久，相依相靠之意。同时，芳霞又看了他一眼，仿佛是流露出浓厚的情思。方梦渔顿然觉着眼前就是一条"爱河"，他就想：我们是往下掉，还是不往下掉呢？正在拿不定主意，忽见芳霞戴上了"玻璃"雨帽，说："我走啦！您的伤风没好，也该歇一歇了，明儿我大概也没有工夫来，后天晚上一准在戏院里见吧！"

说着她就转身走了，方梦渔要往外送，她却把屋门用双手横住，皱着眉说："您伤风，何必送我？"

方梦渔说："那么，我就先祝你，后天登台是一鸣惊人，诸事顺利……"

芳霞笑了笑，用清亮的嗓音说："方先生再见！"她走了，她的高跟鞋的声音也渐渐地消逝了。

第六回　倦叩心扉数言招啼笑
争来舞榭交口赞坤伶

方梦渔的那篇稿子再也写不下去，他想不出芳霞刚才说的那些话是真“有所表示”呢，还是自己神经过敏？不过方梦渔觉着至少这是一个预兆，长此以往，谁也是没有把握的。他想：除了我赶快结婚，才能再和芳霞接近，不然我就听完了她的三天“打泡戏”，急速回上海；可是也不行，她不久真许也被邀请赴沪演唱，她还许一到了那里见着我，真就不回来了。

伤风更重，脑子更乱，窗外的雨下了一夜，又下了一天。到了——这天是星期六，芳霞就要在今晚登台了，风雨却依然不止。

当日，方梦渔的心里更加紧张，虽然伤风转成了咳嗽，不住地吐痰，但是他的精神却十分兴奋。很早他就好好歹歹吃完了晚饭，坐在编辑室里看那个时钟，他恨这时钟走得太慢，就像是急不可待地，好容易才盼到了六点多钟，他知道这时候魏芳霞绝不能就出台，并且一定还没到戏院去呢，早去是一点意思也没有，然而他的心急，刚要走，几位上晚班的编辑和记者就都陆续地来了，一个个拿他开玩笑，说：“你怎么还不去呀？快去听听，回来把成绩快来报告我们。”他见大家现在都把他看作与芳霞是有密切关系的人，弄得他倒不好意思，立刻就走了。以他今日的身体和精神，是应当去睡个觉才好，可是他无论如何也得挣扎着去，今天是什么日子呀？是自己所期望的人展现才艺，一鸣惊人的日子！自己已替魏芳霞把事情办到了，但她今天究竟能不能就挑帘儿红，抑或从此又摔下去，还不一定，今天也可以说是个赌博的日子，只恨这天气，太不作美！他又燃了一支烟，但才抽了两口，就掐灭了。走出编辑室，就见天色昏暗，小雨点不住地往他的脸上打。他心里真不禁忧虑，又觉着冷，赶紧回到住的屋子，在他的大棉袄上又套了一件厚呢大衣，这才戴上帽子，拿了把伞，出了报馆。走到大街上，只觉得冷冷清清，往来的车跟人都很少，他又替魏芳霞难过，心说：这天气，谁去听戏呢？“时不利兮可奈何”？

他跟拉洋车的讲价钱，拉洋车的把价钱要得很贵，但是他赶紧坐上了，他把伞卸下来，洋车上的雨布把他包着，他就由着拉车的把他拉走。他的心里，对魏芳霞今天的戏，简直不敢抱着多大的期望，明天后天，这雨恐怕也不能够停住，简直是完了，应当展期再演才对。可是那么一来，广告费就都白花了，替她预先吹嘘的那几篇文字也就都失效了，热闹的劲儿一过，那再想成名更难。

一路想着，就到了那大戏院的门首，他还没有下车，就看见大戏院的门前扎着彩牌坊，并用电灯泡组成了三个字，是“霞美卿”，旁边还用红绿的电灯一明一灭地沿着边儿；的确是一幅很美的图案，真是惹人注目的招牌。只是门前空有电灯而没有什么人，雨像丝似的千头万绪地不住地向下落。

他下了车，几乎连车钱都忘了给，就慌慌张张地拿着伞往里走，刚走到那售票的窗户前，就见冯亦禅站在那儿了，他说：“你还买票干吗？芳霞早就给留着座位儿了。”方梦渔问说：“她来了吗？”冯亦禅说：“她不能这么早就来。”一边说着，一边就领着方梦渔进了剧场。

这个戏院本来是新式的剧院，场子宽大，座位舒适。但是现在稀稀的，连一成“座儿”也没上，台上现在刚演头一出戏是《雪杯圆》，唱的一点“味儿”也没有。冯亦禅跟着茶房，把留下的座位替方梦渔找着，是在第三排，靠外，看戏既就近，出入也方便，实在是个好座位。可是两旁和前后全都没有人，方梦渔就说："今天这雨可真下得讨厌！一定很受影响。"冯亦禅却说："不一定，想听戏的下雨也要来的，由昨天开始卖票，已经卖出去三百多张了。"方梦渔喜出望外地说："那就不错呀！"冯亦禅说："成绩大概不能坏，因为广告和剧评的宣传总有些力量，芳霞在东安市场茶楼走票的日子虽然不多，可是已经有了不少的观众了，现在都知道霞美卿就是她了，还能不来捧捧场吗？只要今天的收入够了前后台的开销，就算是成绩好；明后天要是晴了天，一定能多上些座儿，就可以往下唱下去。总之，大概咱们计划得还不错，你的眼力也准确，芳霞算是时来运转了！"方梦渔听了，更觉着欢慰。

冯亦禅又走往别处去了，方梦渔就在这里擦鼻涕，咳嗽着。他本想闭上眼养足了精神，待会儿好看魏芳霞的《霸王别姬》，可是又想要看看还有人来没有。就见有穿西装的，有穿中装的，陆续地来了，还多半是偕同着眷属一起来的，渐渐地，这前边的几排都快坐满了，方梦渔就对这些人，仿佛非常感谢似的。

这时台上已换演了武剧《白水滩》，锣鼓猛敲一气，剧中人"十三郎"的扮相虽然英俊，可是乱打一气，真吵人，真没有意思。方梦渔就想起早先芳霞当然也就是去这种角儿了，一个女的，要是在台上抡着棍儿乱打，也实在不大好看，难怪她受了淘汰，今日以"坤旦"的身份登台，确实能令人耳目一新，她走的这是正途，我帮她的这个忙，帮得实在是有价值！

他越想越是高兴，仿佛连伤风也忘了。这时有两位报界的朋友也来了，跟他闲谈了一会，听人都说魏芳霞大有希望，他就更喜欢。

忽然冯亦禅又来找他，说："芳霞来啦，你不到后台看看她化装吗？"

方梦渔一想：虽然只要是有熟人，就可以到后台去看一看，而且因为是男女合演的关系，更不会像是早先坤班的后台，在小门上挂着"坤角后台闲人止步"的牌子。不过魏芳霞可究竟是一个女角，她一定还特有一间扮戏房子，她现今，也许正穿着贴身的卫生衣，对镜扮戏呢，我何必去扰她，显着熟吗？或是显着有特殊的关系吗？那就有点讨厌了。于是他就摇摇头，说：“我不想到后台去看她啦，我就在这儿等着她出台啦。”冯亦禅就又走了。

台上的武戏完了，就是胡秋声的《洪羊洞》带“盗骨”。胡秋声虽是二流老生，然而现在很进步，学谭派，唱得非常够味儿，做功也好；他要是跟魏芳霞合演《四郎探母》，一定可听。方梦渔靠着椅子坐着，微闭着眼睛，听完了这出“压轴子”的戏。这时他转头向四下里一看，楼上楼下坐的人真不少，至少上了有八成座儿。票价不算便宜，外面又下着雨，一个新角，竟有这么大的号召力，就可以说很不容易了。

此时，锣鼓齐鸣，《霸王别姬》就开了场，配角都很“称职”，去霸王的武生王振飞，身材魁梧，脸勾得也好，唱念做打，颇有“杨小楼”之风。及至一挑帘，魏芳霞的虞姬环佩叮当的一出了台，当时台下鼓掌喝彩之声，腾起来了一片。

电灯下灿烂戏装的魏芳霞真是“翩若惊鸿”，曹子建笔下描写的那“洛神”，也没有她这样的美丽；“嫦娥”或是“杨太真”，也不若她这样丽质天生，而且仪态万方。尤其是她的做，做得细腻，身段儿漂亮；唱，唱得更是宛转清丽，合板合眼丝毫不苟，而且腔调极新。随着她的唱，引起了无数次的喝彩声掌声，她一人将台下一千多观众的注意力，全都吸住了。

方梦渔更是直了眼睛，觉着她简直就是活虞姬，不怪楚霸王到了英雄末路，还对她难以割舍。她大概比当年的虞姬长得更美十分，假若当年楚霸王的帐下美人不是姓虞，而是姓魏，是她，那韩信的兵马恐怕早都销了魂；也不致逼得她先自刎，霸王也丧了命。她真是个绝世的美人，是舞台明星，是坤伶首座……

方梦渔一边这样地遐想，一边注目地去看，他也忘了疲倦，及至到了虞姬舞剑的时候，他简直要站起来了。只见魏芳霞手执光芒闪闪的一双宝剑，随着“夜深沉”琴鼓的节奏起舞翩然，身段之美，剑法之熟，真叫方梦渔意想不到的好，而且一点也没露出“武生”

的样子来。大概还因为她的武功底子好，所以剑也舞得“干净”紧凑，身段及脚步一点也不显着拖泥带水……台下掌声如雷。

方梦渔也一点不感觉头晕了，心里实甚快慰。他认为魏芳霞的这出“别姬”，比得上梅兰芳，比那天在茶社清唱的“别姬”又进步得多了！再也想不到头一天的成绩竟是这样的好，这是我的成功，我的眼力值得自傲！我的目的是完全达到了。

台上已看不见魏芳霞的影子，电灯却依然光辉照耀着。观众们拥挤着全都向外走去，很多人都在互相谈论着，都说好！那两位报界的朋友赶过来，跟他又夸奖了芳霞一番。方梦渔也站了起来，他一边咳嗽，一边不住地笑着说：“好！我早就知道她一定成功！这回还不能说是‘挑帘儿红’吗?”随说随也往外走着。忽见由楼上下来几个女的，其中一个就是小碧芬，方梦渔想过去跟她谈谈，听听她对芳霞的批评，可是因为眼前有许多人挡着，没容他赶过去，小碧芬就走了。他又要找冯亦禅，可是把头东转西转，这些个人，哪里找得着冯亦禅呀？又想：要不要这时到后台给芳霞道一道喜呢？她成功了，这还不是喜吗？可又想：暂时不必，索性等她唱完了三天之后，我再一块儿给她致贺，还许得叫她请我呢！于是他迈步向外走去。

方梦渔手里提着雨伞，走到戏院门外，看见雨下得更大了。汽车、洋车，所有的车都叫人雇去了，还有些雇不着车的人在着急，埋怨这天气，可又夸赞今晚这戏听得值。门前的电灯还很亮，照得被雨淋湿的柏油路跟镜子似的，然而除了这戏院的门外，一切都是黑乎乎的，铺子早就都关了门。

他站立了一会，想着：芳霞这时一定还在后台呢！她回去的时候一定得由汽车行叫一辆汽车，冯亦禅必定是揩她的油，叫汽车先把他送回家去，她的车我就不可以坐坐吗？但又想：这个小便宜我也不必沾，我的宗旨就是——对芳霞尽十分的力，然而绝不希望她给我一点报酬，这才对，这才是我这个人的本意！于是他就一狠心，撑起雨伞来，在雨下的泥涂中跋涉着，很辛苦地走回了报馆。

回到他住的屋内，衣鞋已尽湿，咳嗽得更厉害，他就自己铺被窝，想要睡下再细想刚才听过的戏。忽然间，又是那种高跟鞋的声音，厮熟的声音，自外面来了。他不由得一阵惊讶，心说：芳霞今天这时候绝不能还来找我呀？

回头一看，屋门开了，果然是芳霞来了。她穿得很漂亮，也没披雨衣，一见着方梦渔，她就说：“您是什么时候回来的呀？我们找了您半天啦！”方梦渔惊讶地问说：“是有什么事情吗？”

芳霞笑着说：“没事，我是想着您一定得跟我一块儿回来，可是没想到，我下完了装，汽车也来啦，可是怎么找也找不着您啦，真叫我着急了半天，冯先生说您一定是回来啦，我还不信，我这才坐着车来看看您。”

方梦渔问说：“你还没回家啦？”

芳霞说：“没有吗！本来您病着去看我的戏，万一要是再出了什么舛错……”

方梦渔笑着说：“我这么大的一个人，哪能就出什么舛错，我是没敢搅你，所以我就自己走回来啦。”

芳霞惊讶地说：“您是走回来的？”方梦渔说：“因为雇不着车了么。”芳霞皱着眉说：“您可真是……”接着，她又笑着问说：“您看我今天怎么样？泄了气没有？您说真的，给我一个客观的批评。”

方梦渔说：“完全成功！并且这早就是我意料中的事。”

芳霞一笑，表示出她的得意，也表示出一种感激，更表示出一种情意，就说：“我没有别的事，就是为来看看您，我这一天可也真累啦！”方梦渔说：“对啦！你快回去歇着去吧！”芳霞又笑着说：“那么，明儿见吧！我盼着到了明天，您的病就好啦！”说着她急忙地走出屋，随手把门带上。一阵急促的高跟鞋的声音消逝了，外面又有一声汽车的喇叭声，窗外的雨声依然细细地响着。

方梦渔的目的已经达到了，精神上不再紧张，但是心理上又另有一种滋味，说不出来。芳霞似是一瓶子甜蜜，在引诱着他，他想吃，而又觉着有些“伤廉”，怕人笑话；同时也确怕不能消化，或是只要一沾手，就擦不掉。

他知道芳霞愈成名，自己愈不敢跟她谈爱情，她越阔，越显出来自己穷；她越有前途，越显出自己是不中用。他就想：等到她成了鼎鼎唯一的大坤伶，我要想娶她，就是布置个小家庭，恐怕也得需要“巨款”。她能跟着我过苦日子吗？她的这件“玻璃雨衣”坏了，或是不时兴了，我还能不另外给她买一件吗？那我就买不起。纵使她跟我结婚以后，她还唱戏，挣的钱更多，我也不能就叫她养活我，做一个“霞美卿先生”，那还不如当现在的我好。所以，她尽可跟我表示好感，我却得当心眼前这条茫茫的爱河，我是决定不往里边掉的。

这一夜，他都在回忆着大戏院台上的那出《霸王别姬》，和芳霞特来看他的那种深情。

第二天报上的广告，“霞美卿”三个字又大了一倍。今天的戏是《四郎探母》，方梦渔想着今天可不必那么早就去了，他就坐在编辑室里，跟几位同事闲谈。但，还没到七点钟，芳霞就给他打来电话，听筒里传出那清脆的娇音，说：“方先生！您是预备着去了吗？待会儿我叫车来接您，您等一等吧！今天觉着怎么样？您的伤风好了一点了吧？……”又恍惚发出一点笑声，说：“好吧！待会儿见！”方梦渔挂上了听筒，还有一些神驰，同事们却都向他问：“进行得怎么样啦？”并说：“她现在唱红了，同时你们就应当订下婚约，别人好给你们道喜；也可以揩揩油，以后就免费听戏。”

方梦渔听了这些话，心里虽然像受了人恭维似的那样喜悦，然而口头上是极力地否认，说：“永远不会有那种事，我们是纯粹的友谊，谈不到爱情的关系，与婚姻更是风马牛不相及，不信你们将来看吧！”大家有的笑他说话不坦白，有的却给他贡献意见，说：“‘花开堪折直须折，莫待无花空折枝。’你应当牢记着这两句话。”方梦渔却摇头说：“我绝没有任何的意图。”

然而，到了八点钟左右，魏芳霞就叫汽车来接他来了，并且还是芳霞自己来的。现在外面雨大概也住了，所以她也没再穿雨衣，但是又换了一件华贵而艳丽的新旗袍，她的打扮已是极端的贵族化，耳边、指上、胳臂上，全都是闪烁的贵重首饰。她美丽得有如仙女，富贵得像是王妃，但是她没有架子，见了谁，都含着笑，微微地鞠躬。她把方梦渔拉住，说：“走吧！您还穿大衣不穿啦？不冷吗？”

其实方梦渔的大棉袄真臃肿，这天气就说是“雨后春寒”的天气吧，恐怕谁也不能够像他穿得这么多。他的胡子有十多天没刮了，礼帽虽是新的，可也被雨淋湿了，至今没有干，就扣在他的长头发上。他还直咳嗽呢，一块擦鼻涕的手绢，永远在手里拿着，可是魏芳霞就拉着他，他们像是一对情侣的地走了。

今天大戏院的顾客比昨天可多得多，几乎是卖满了座。方梦渔依然是坐在前三排。戏院的大经理还特意过来，跟他谈了谈，说是魏芳霞很有叫座的能力，三天“打泡戏”唱过去之后，还要烦请她继续演唱，因为依此情形来看，就是一连唱一个月，叫座力也不会衰减。方梦渔见这位大经理满脸都是笑容，并且仿佛把他看作了是魏芳霞的“掌柜的”，好像先得征得他的同意，芳霞才肯续合同，继续演唱。方梦渔就说：“我是绝对赞成，她大概也没有什么不乐意的，待一会，我见着她问问她吧！”戏院经理觉得方梦渔的答复很满意，就对他更客气。茶房给他送来热茶，还拿来烟卷、水果，方梦渔就觉着旁边的人都直在注意地看他。

《四郎探母》出了场，这出戏还是以老生为主，胡秋声去的杨延辉，很博了一些喝彩声。然而还是不如魏芳霞扮的铁镜公主，她一出场，还没有启唇唱那：“芍药开、牡丹放，花红一片……”台下就已经掌声如雷，这边也叫好，那边也叫好，引得方梦渔倒产生了反感；他觉着这些人也欢迎得过火啦，这不是纯听戏的，这多半是捧角的，这对于芳霞倒是一种侮辱。如此看来，姑娘们唱戏，长得不好是不能出名；长得好了，环境实在是复杂，什么人都有，慢慢地就许出事，这也不好。将来还是得劝芳霞拟订一个期限，至多或唱半年，或唱一年，得了名，攒下了钱，就赶快“急流勇退”，给剧坛上留下一个永久的记忆，也就够了。女人的前途还是得结婚——虽然不可以跟我结婚，但是她是得结婚的，第一步我帮助她成了名，第二步我就得劝她结婚了。

他这样想着，同时直着眼向台上去看魏芳霞。现在的魏芳霞却是穿戴着绮丽的旗妆，头上是青缎的“两把头”，两边垂着绒穗，当中一大朵牡丹花，两鬓还压着海棠花、月季花和粉红的绒凤，耳坠是两串珍珠。身上穿的是真正的“旗袍”，满绣着金线的花朵，下面穿的是高底的镶金嵌玉的华丽旗装坤履。在北京城二十年前大概还有这样打扮的“少奶奶”，现在她就是一位少奶奶，不，是已嫁的公主。她的北京话也说得那么柔润，比平常说话的时候更好听；唱了几段，也都流丽、宛转、嘹亮，处处讨好，与昨天的“别姬”比好像就不是一个人演的。这个戏是一出“喜剧”，旦角动作要细腻，唱腔要流丽，道白要俏皮，身份要稳重，所以更能够表现出她的天才，因此，这出戏她又唱成了功了。然而方梦渔直听到了“回令”，还觉着她的戏太少，还没使他听够，虽然他已经疲倦得打了呵欠了。

到散戏的时候，他没好意思又走，就等着。待了会儿，冯亦禅来了，领着他到了后台。这时芳霞在“扮戏房”里正在卸妆，卸去了她的那身铁镜公主的戏装，又恢复了她的本来面目；刚才像一位旗人家的贵少妇，如今又是“摩登女郎”了，她真是怎么打扮怎么好看。

芳霞今天是喜欢极了，直说：“连我也想不到，成绩还这么好!”

冯亦禅说：“你现在也成了名伶了！绮艳花大概也快回来了，希望你们表姊妹以后能够合作才好。”

芳霞摇头说：“我绝不跟她争！她要是气恨我，我也不理她。好在北平的地方儿大，她要是在西城唱，我就上南城唱去；她要是在南城露演，我再躲开，我决定不跟她打对台，并且同天不唱一样的戏，我让着她还不行吗?”

冯亦禅说：“今天咱们这儿估计着上的座儿，已经越过了八九成，除却两廊的紧后边，简直没什么空座儿了。我知道绮艳花跟小碧芬，她们也都在这园子里唱过，从来也没有过这么好的成绩，你真得特别地努力，保持着这光荣。还有，今天我听说‘金牡丹’那边，连四成座儿也没上，大概所有的北平城听戏的人，都到这儿来了，可见你的魔力！”

这“魔力”两个字，方梦渔听着觉得有点扎耳朵，他认为用词太不恰当。芳霞听了脸也一红，她斜着眼看了看方梦渔，笑着说：“您听冯先生把我说的，我竟成了魔啦！”

冯亦禅也笑着说：“你们别挑字眼！反正我觉着你们两人的心里比我都喜欢，等到绮艳花回来，我还真得躲着你们点。”

芳霞说：“怎么？您还怕她吃……”“醋”字可没有说出来。冯亦禅说：“我老头儿啦，没人说我什么，只是别叫她想着你的名声都是我给帮起来的；你跟方梦渔这么要好，是我给拉的纤，因为无论如何，她叫我干爹。”芳霞说：“我也叫您干爹，行不行？”

冯亦禅说：“你倒是也叫得着，可是因为梦渔的关系，我就觉着有点当不起。”旁边还有那个当配角的小坤角，还有跟包的正在收拾戏衣，听了这话都不住地笑。

芳霞也脸红了，又偷眼看了方梦渔一下。方梦渔倒觉着很难为情，只说：“亦禅大概又喝醉了酒啦，不然不能够这么胡说八道。”芳霞就仿佛生气似的说：“不理冯先生啦，咱们走吧！”拉着方梦渔就要走，方梦渔哪好意思就让她拉着走呀，就招呼冯亦禅一块儿走。冯亦禅却摆摆手，笑着说：“你们先走吧！我还得等着陈神仙，他上厕所去了，待会儿就回来。这戏院的经理还在柜房等着我们呢，为给你续合同的事。”芳霞说：“干爹可别忘了！我顶多唱到这个月的月底，我能唱什么戏，我师父都知道，您跟他商量商量，就替我做主好了！”冯亦禅连连点头说：“好！好！好好！你们回去歇着去吧！”

芳霞跟方梦渔走出了后台，她的手还挽着方梦渔的胳臂，到了戏院的门前，二人一同上了汽车。汽车外还站着不少的人，大概都是听完了戏还在这儿等着看“霞美卿”，一个个“拜倒于石榴裙下”者的眼光，自然是都投在芳霞的身上，但同时也都投在方梦渔的大棉袄之上了。方梦渔赶紧钻到了汽车里，连头也没敢抬，车就开走了。先到了报馆，幸亏方梦渔给拦住了，不然，看芳霞的意思，仿佛她还要进去再跟他谈会子“闲天儿”才好，她是那么喜欢地、恋恋地又说了声：“明儿见!”

方梦渔回到自己屋里，累得简直连两眼都睁不开了，然而他心里很着急，精神也很受刺激。他觉着芳霞的态度今天可太明显了，难道她爱上了我？究竟我有什么可爱呢，她莫非要以爱情来报答我给她借的那钱？这可不必。也许她觉得我人好，我虽不漂亮，但是热心，是她的知己，是她的恩人，她就不自禁地要跟我讲恋爱？要一同掉在爱河里？这，我可真应当考虑考虑了，是就这么“弄假成真”呢？还是……退身是很可惜的事，然而就这样“掉”下去，却又真仿佛有点儿荒唐。

一夜他也没睡好，次日倒很有精神，他把头发理了理，胡子也刮干净了。到了晚间，他依旧坐在编辑室里，等着芳霞的电话，他想着芳霞今天一定还能够用汽车来接他。但是都过了八点钟了，芳霞的电话没有来，汽车也没有来。旁边的同事虽没有说什么，但是他很觉得难为情，又很着急。到门口站了半天，仍然看不见一辆汽车的影子，他就想：芳霞也许直接到戏院去了？本来没有订好今天她还同我一块儿去吗。遂就走了一段路，雇上了一辆洋车，往戏院去了。

来到戏院的门首，就见那“霞美卿”三个字的电灯广告，亮得特别地刺眼，门前的汽车已停了一大排，大约有三四十辆，洋车更是无数，人都在往里去拥。那售票房儿的窗前也挤满了人，倒好像是配给什么日用必需品似的，买票都买不上。

方梦渔好容易才挤了进去，迎头又遇见了冯亦禅。冯亦禅被挤得站也站不住，冲他摆手说：“这儿来！”方梦渔挤到近前，问说：“什么事?”又要问说，“芳霞来了吗?”不想冯亦禅反倒问他：“你们没有一块儿来吗？”方梦渔诧异地说：“怎么？芳霞还没有来到？”

冯亦禅说：“我也着急，她应该来啦！胡秋声的《失空斩》马上就要出来啦，完了就是她的头二本《虹霓关》，她要是误了场那可真糟糕！你看今儿来了多少人呀？现在楼上楼下就都满啦，待会儿非得加凳子不可。”

方梦渔摇头说：“我想她待会儿就来，绝不能够误场。”冯亦禅说：“汽车可去了半天啦，还没回来，她家里又没个电话，我想赶紧派个人去催一催她。”方梦渔说：“不要紧，你不要多疑惑，她又不是个外行，哪能不知道唱戏的规矩，误了场还行？”

冯亦禅说：“不过她可也别这时候就端起来名伶的架子呀！”

方梦渔摇着头说：“不能，不能，绝不会！”虽然这样说，可是他的心里也有点七上八下的，觉着芳霞确实应当来了，莫非她的家庭出了什么事？莫非她病了？她就是病了，也得先来个信儿呀？因此疑虑万分。

他也不能进戏场里去了，但是回头向戏场里一看，见观众们真是万头攒动，大概早就满座了，可是人还不断地往里边拥。售票房儿早就关上了窗子不卖票了，但许多人还在那里挤着、嚷嚷着，门外还不断地有人来。有些太太小姐们就埋怨说：“早知道人这么多，今天上午来买票就好了，这可怎么办？白来了一趟！”又有人喊着：“茶房！茶房！你给我们补几张临时票行不行？多给几个钱也可以！”然而，这时三十几个茶房全都忙得很，喊也喊不来。

方梦渔看着这种情形真是紧张，同时也真愉快，这真是伟大的成功！尤其……他又回想起近两日来，芳霞对他那种爱情流露的样子，更觉得是一种荣幸，是一种“奇异的收获”。可是芳霞这时候怎么还不来呀？《失街亭》都快唱完了，紧接着就是《空城计》了，虽然胡秋声去的孔明还得什么“城楼弹琴”，还得“挥泪斩谡”，再有一点钟也唱不完，然而魏芳霞也应当来了。

他和冯亦禅就像是收票的似的，都站在大戏院的门首，又来了几辆汽车，下来的全都不是魏芳霞。街上很热闹，但是对门有几家铺户都已上了窗户板，霓虹灯也灭了。冯亦禅真着急，就说："一定是有事！梦渔，你赶紧叫一辆汽车，上她家里找她去吧！无论她的家里有什么事，你也得叫她马上就来！"方梦渔却依然犹疑着，虽然很着急，可是也不愿意到魏芳霞家里去。

幸亏在这时候，就有一辆汽车飞快地来到了。冯亦禅说："车回来了！车回来了！"他认识这辆车，可是还不知道车里有没有芳霞，所以他就要下台阶，过去问那个汽车司机。但是，他还没有走下去，汽车的门就开了，魏芳霞匆匆地就由车里走出来了。方梦渔这才算完全放下了心，但是，注意地去看芳霞，在灿烂的电灯光下，看出今天芳霞穿的衣裳却不怎么灿烂华丽，里边的旗袍上罩着在家常穿的蓝布褂，外边穿着紫红色的大衣，她的神色也很不正常。

冯亦禅说："我正要叫梦渔去催你，怕你误了场。"

她说："是吗……我也是赶着来的。"说着急匆匆地走进去，就直往后台那个小门去了，她并没有跟方梦渔说一句话，就好像没看见似的。

方梦渔觉着倒有点惆怅，可是心里的狐疑倒灭去了，因为她已经来了，既是来了，必定就是家里没有什么事，也证明了她没生病。

一转眼的工夫，冯亦禅就没有影儿了，大概是追着芳霞上后台去了。方梦渔本想也跟了去，可又怕自己在前排特订的那个座位被人占了去，还是看戏要紧。今晚的这些人谁不是因为知道了"霞美卿"突露大名，为争睹她的色艺才来的？尤其今天她将要演的是名剧——旦角的"重工戏"，头二本的《虹霓关》呀！

方梦渔这才走入了戏场中，台上的诸葛亮虽还没有"斩谡"，却已经"坐帐"了。整个的戏场中，坐的也是人，站立的也是人，烟卷腾起来的烟雾凝聚着，好像四周围遮住了薄纱的帐幕，看什么都是模模糊糊的。

方梦渔找到他的那个座位，一看，已经被一个四十来岁的胖太太给占据住了。他跟人家说明白了这个座位原是他的，可是无效，这位胖太太连理也不理，只管捏着烟卷看那台上的孔明。他想：除非打吵子，恐怕我是没地方坐了！但他确实不愿意在这“大庭广众”之下，跟一个女人打吵子。他站着发了发怔，就想索性到后台去看芳霞吧，这前台，再待会儿恐怕连个站的地方也没有啦。

他正要回身，这时来了个茶房，说：“方先生，您的座位叫人占去了？您来吧！我再给您找一个地方。”方梦渔就跟着他走，原来还得上楼，楼的正面有一个包厢似的地方，这里也坐满了人，其中就有小碧芬，另外还有几位女客；在这里坐的大概都是跟前台或是后台有关系的贵宾。方梦渔被安置在这里，觉着地点虽然适中，可惜距离着戏台太远，恐怕芳霞出得台来，他在这里看不清楚，听也不能听得真切。

方梦渔净想着这些问题，那小碧芬直跟他没话找话，还向旁的女客努嘴，并且悄声地谈论，他也都不大注意，只把眼睛直直地瞪在那台上。好容易才盼得《斩马谡》下了场，锣鼓又响了一大阵，《虹霓关》就出了台。

《虹霓关》说的是隋朝虹霓关的守将辛文礼，被唐朝（那时李世民可还没有做皇上）的勇将王伯当（瓦岗寨的好汉）一箭射死，守将的太太东方氏颇娴弓马，率兵替夫报仇；她的丫鬟为她打着的一个旗子，上面就写着“替夫报仇”四个大字。东方氏身穿着白绸子的小衣裳和白绸子的长裤，发上也系着白绸子，脚上穿的是白缎和白绒穗子的鞋，表示出来是穿着丧服。“要带俏，三分孝”。这么一打扮，倒更显得魏芳霞漂亮了，玉立亭亭的，直如一树梨花，素洁清秀，愈形妩媚。

她拿着一杆枪，这枪是两头都有银枪尖，垂着素缨，枪杆也是完全用白绦缠裹，一舞起来，更如梨花纷落。她的武功真是纯熟，当然了，因为她学过武生，所以更显得干净、利落，但同时她的姿态又极为娉婷、婀娜，既是一位绝世美人，又是一位阵前女将。

她的对手是“王伯当”，也是一员白袍小将，手中使的枪跟她那枪本是一对儿，这两个人就对枪地打起来，同时，就相互钟情了。一面打着，魏芳霞一面就用秋波不住地撩那员小将，又恨又爱的心理交战，被她给刻画得极为细腻。

台下楼上，早就喝起彩来，方梦渔也出了神，并且想着：她，还能够不懂得爱情吗？谁信……看着虽觉好，心里却又斟酌起来了，好像自己就是王伯当。然而王伯当虽然是一条好汉子，但结果被魏芳霞一枪挑下马来，连她的丫鬟一齐上手，就把这战俘，也是情俘的王伯当，给捉进虹霓关去了。

这演的才是"头本"，魏芳霞去东方氏，已经博得满场夸赞。在方梦渔的旁边有两位先生，看那样子还都是"内行"，全都不住地点头。小碧芬也说："幸亏我不唱戏啦，要不然，谁还听我的呀？谁不来听她呀？真好吗，连我听着都过瘾!"也不知道她是故意说给方梦渔听的，还是她心里的真话。但是方梦渔就因此很高兴，更有精神，因为，以前的想象，至今日是完全实现了，并且还超过了想象。成功了！芳霞已经成了超等的著名坤伶了！完全成功了，这成功可以安慰她了，我也可以因此而骄傲了。

小碧芬又说："咱们再听她的'二本'吧！听听她的那段'二六'。"

第七回　一曲未终场玉人何处 五更来小院泪语堪怜

《虹霓关》这出戏，“头本”是以夫人东方氏为主，武功和表情，魏芳霞已得到了众多的赞许，在唱腔上虽然也有几句唱词：“在阵前闪出了伯当小将，亚赛过前朝的潘安容妆……”但是不能“讨俏”，展现不出她的艺术的长才。“二本”却以丫鬟的“戏”最多，夫人要跟王伯当成亲，被丫鬟看出来了，所以就得唱那悠扬顿挫的“二六”：“见此情不由人心中暗想，背转身来自思量……”那一定是能招得“满堂好”的，那定要更叫魏芳霞大出风头，所以说这出戏编得妙。

现在的台上正由那丑角“干儿子”在插科打诨，腾出这工夫来，现在芳霞一定是在换装束，改扮那丫鬟了。大家等得很急，连方梦渔也鼓了几下掌，他倒不是为听，而是想看看芳霞要是扮成丫鬟，该是怎样的妩媚、俏丽。等了半天，就觉出台上的情形不对了，几个去配角的仿佛是故意磨烦起来了，王伯当不出来，换成配角饰的那东方氏也不出来，丫鬟更不见出来，这是怎么回事呀？

台下和楼上的观众们起先只有几个人鼓掌催着，渐渐地秩序就纷乱了，掌声四起，催着哄着，还有人大声喊着：“怎么人还不出来呀……”真可疑，台上现在没有人啦！是个空台，就好像是电影的片子断了似的。当时人都站起来了，小碧芬说：“哎哟！莫非是后台出了事啦!"

方梦渔也惊得站了起来，他本想立刻跑下楼去，跑到后台去看看出了什么事，可是又想：哪会有什么事呀？刚才芳霞还唱得好好的，怎么就不能出台了？绝不能呀！绝不会呀！他觉得这些听戏的太沉不住气了，太无理取闹了，他就嘴里"嗤嗤"的发出声音来，想叫大家都坐下。然而就他一个人"嗤嗤"的，别人却都越来越闹，他真急得头上出汗了。

但在这时，忽然由后台出来了一个人，拿出一个大黑牌子来，上面写着什么，在楼上可是看不清楚，一个字也看不清楚。小碧芬说："哎哟！到底是怎么回事呀？真出了麻烦啦！这可是个笑话儿……"

方梦渔立时急急地往外就走，别人挡着他的路，他就用力去推别人，板凳也几乎把他绊了个大跟头。他"咚咚咚"的跑下楼去，迎面撞着一个茶房，他就急急地问说："是怎么回事?"茶房说："不知道么，大概是换了戏啦!"他惊讶地说："为什么要换戏呀?"

他就往前去挤，想看那牌子上到底写的是什么。然而人又多，秩序更乱，有人大喊着："退票！退票！这不是骗人吗?"很多人都气哼哼的，大不满意。有的就往外挤，要走，说："还看什么呀？霞美卿多半是得了脑充血，上阴间去啦!"一听这话，他立时"啊呀"一声，就像中了一箭。他也挤不到台前去看那牌子，也不想去细看了，又急忙回身往外去走。

但是也有的人又坐下了，台上的胡琴又拉起来了，是老生的声音，唱着："父女打鱼在河下，家贫哪怕人笑咱。桂英儿掌稳舵，父把网撒……"怎么着，又演上《庆顶珠》啦?

现在的方梦渔被许多人拥着，板凳挡着，他想上后台去看看也不行。他不住地咳嗽着，气喘，心突突地跳，但还在用力挣扎着往外去挤，因为往外走的人太多了，至少已经走了一半。

他见戏院的门前更乱，就寻了个空隙，顺着一个小夹道直奔后台。可是不想后台的那个小门之前，也拥着不少的人，都是一些好事的，想要到后台去看看详情。冯亦禅在那里挡着，嗓子都喊哑了，他说：“诸位！霞美卿已经回家去了！她这病是临时得的，明天大概就好，明天一定还唱头二本《虹霓关》，另外还许演双出，对不起诸位！对不起诸位……”

方梦渔这才知道芳霞是真病了，但得的是什么病呀？怎么忽然就得了呢？是她高兴过火了，还是劳累过度了，抑或是不幸的命运正在这幸运的时期忽来捉弄人呢？

他的心里十分地着急，就更往前去挤。挤到冯亦禅的跟前，冯亦禅还用手推他，说：“这后台不能进闲人，对不起，请回去吧……”他说：“亦禅！是我！”冯亦禅这才看出他来，就说：“你先在这儿等一等！”便又去向那些要进后台的观众婉言挡驾。方梦渔不由得也跟着直说：“对不起！对不起！后台不能进来！……”他这时实在很狐疑，实在很紧张，实在心里太难过！他要问冯亦禅：“她怎么会无缘无故地忽然就病了呢？是什么急病暴病呢？”

冯亦禅哪顾得跟他说话，费了无数的唇舌，才把一些要到后台来看看，来打听的，那些关心霞美卿的先生们给劝走了，当然还落了不少怨言，几乎被人打了嘴巴。冯亦禅并不是这里的后台老板，他更不像芳霞的师父陈神仙，是来“把场”，他是个纯粹尽义务的；然而别人都不出头，他只好来效这份力，他急得喊得简直是力竭声嘶。

方梦渔更急急地向他问说：“芳霞得的是什么病？我们快去看看她吧。”

冯亦禅却说：“你别着急！你上前台去等着我，我再慢慢告诉你，你可千万别走！”他的语声极低，似乎十分的秘密，这可把方梦渔给吓呆了。他又急急地说：“她有病就得快找好医院去治……”话没说完，就听冯亦禅用更小的声音对他说：“她不是病……待会儿再谈吧！”方梦渔简直忍不住，说：“那么……咳！她，她现在哪儿啦？”

冯亦禅也急着说：“你上前台等着去就完啦！沉着点儿气，天大的事情也有个完!”“事情?”方梦渔更觉着心里发紧。冯亦禅又说:“反正你放心,魏芳霞还不至于被人枪毙!”方梦渔大惊,说:“怎么?至于如此之严重?”冯亦禅双手推着他,说:“你上前台去坐一会儿,我马上就找你去,你也别着急,没什么了不得的事!”

方梦渔觉着两腿都在发抖,这不像是真事,这是噩梦,然而不幸这真是真的!他蓦然想起来,芳霞往日曾经屡次含着泪说过“环境不允许”,现在莫非就是她的环境之中忽然出现了恶魔?忽然伸出了毒手?忽然张开了馋吻?忽然亮出了尖刀?又有要到后台看看的人来了,冯亦禅此时是绝不便向他详述刚才的事,他只得走开了。他的脑子里“嗡嗡”地响,心紧紧地拧着,泪水竟要滚滚地涌出,他想着:只要芳霞不病,我还得叫她唱戏,谁来拦阻也不行!假定她是病了,我就再筹出多少钱,也得把她治好!她如死了,我殉情;她如被害,我复仇,她……她是我的生命!

方梦渔拖着沉重的脚步走回了戏场,但是现在这戏场的池座、两廊和楼上,不管是前排后排,人已经散去了十分之九。所留下的都在议论纷纷,听说是:“刚才来了四个人,先拿名片见戏院经理,由经理陪着到了后台;见了霞美卿,没说什么话,就叫她走。霞美卿也一点没敢争论,戏衣都没脱,就那样‘东方氏’小寡妇的样子,跟着人家出了戏院,上汽车走了……”他惊得几乎叫出来,赶紧回身,急跑出了大门。但是这戏院的门前,“霞美卿”的电灯虽还那么亮,可是冷冷清清的,洋车只留下了少数,汽车一辆也无,马路沉静如睡。天色昏黑,有点月光,也是昏暗的。

他东张西望地看了看,并没有什么可惊的,或是可疑的痕迹。他原想叫一辆车,拉他到魏芳霞的家,去看一个究竟,但又想:这件事绝不平常,不可以莽撞!他没法子,只得又回来。台上胡秋声跟那配角小坤伶临时加演的《庆顶珠》,也没带“杀家”,就算是唱完了,听戏的人渐渐走净了,台上的电灯也不亮了。在这时候他才看清那还没有摘去的牌子,显然是匆匆写就的:

霞美卿艺员忽病，二本《虹霓关》暂停，改由胡秋声加演《打渔杀家》，敬请诸君原谅！

他叹气，长声地叹气。这时冯亦禅、陈神仙一同找他来了，悄声地对他说："咱们到柜房谈话去吧！"

他们都紧皱着眉，走到了前台的柜房，也即是这大戏院的经理室。经理先把茶房和两个职员全都支出屋去，然后请他们三人落座。经理的态度倒还镇静，但是他也悄声说："这件事我也摸不清，不过咱们不能拦。我本想叫她唱完了二本《虹霓关》再走，可是不敢说这话，这张名片就不叫人再说别的话！"

经理把他抽斗里的一张特大的名片拿出来，方梦渔急着抢过来一看，他先吓了一跳，但是接着又恨恨地说："他！他不过是北洋时代的一个要人，现在他难道还有势力抢去人吗？……"冯亦禅赶紧摆手，说："这里边的事情恐怕很复杂！"

经理说："我本来不认识魏姑娘，她在这园子里唱戏，我要不冲你们三位的面子，我是不能订合同的，因为我不知道她有没有叫座的能力。可是没想到成绩竟是这么好！很可惜，我们戏院少挣点钱倒不要紧，只是这个角儿太可惜了！因为她太有前途了！"

陈神仙说："刚才可真把我吓着了！本来她还正在台上跟'王伯当'耍枪呢，那四个人就来了。要不是我拼命拦着，那四个人就要上台把她揪下去，我都要喊警察啦！幸而是等着芳霞下了场。可是芳霞……她怎么那么听话呀？连戏装也没卸，就跟着那四个人走啦……"

冯亦禅说："据我猜，她一定就是人家的人，不是当过那个人的姨太太，就是……反正有事，她的身子是人家的！人家没亲自来……"

方梦渔拍着桌子说："她早先在市场茶楼走票，也到过我那里，怎么那时没有人干涉她的自由？"

冯亦禅说："详细的情形，咱们就不得而知了。"

陈神仙说："前年冬月，她才跟着绮艳花头一次上我家里去，去年她又独自去请我给她说戏。"

冯亦禅说："我倒是早就认识她，她早先唱武生的时候就到我家里去过，后来也常去，多一半是跟着绮艳花去找我。我知道她上过学，又学过些日子英文。她并没有嫁过人，这我是知道的，倒是听别人隐隐地说过，她的家庭仿佛是不大清白，可是她跟她表姊对此一向是讳莫如深。本来，女孩子的事，咱们打听那些干什么？万也想不到，今天这么一看，她的家里还真有很大的麻烦！"

陈神仙咳了一声，说："可惜！那女孩子有多么好！多么安稳！多么聪明！多么有材料！多么有人缘呀！"

方梦渔简直要哭了，急急地说："我们得设法帮助她，把她救出来……"冯亦禅推了他一下，又指给那张名片，说："这个人你惹得了？"方梦渔愤然地说："难道这世界就没有公理？"

冯亦禅说："主要的是她自己，她自己未必有力挣扎。说了半天你还没明白吗？魏芳霞她是这名片上人的姨太太，还许不如姨太太啦，她的身子跟她的自由全都是人家的。"

方梦渔说："现在不是奴隶社会！"

冯亦禅说："那没法子，人家不让她唱，她偷着唱戏不行，人家有权干涉她。"

方梦渔说："她就是那人的妻女，她愿意唱戏，那人也无权干涉！"

冯亦禅说："然而人家派人来一拦她，她唱着半截，当时就不唱啦！就跟着人走啦！她自己不抵抗，她自己不挣扎，她自己还许愿意身子受人管辖呢！她这时也许正在向人家认罪、求饶呢！你我能够给她出得了什么力？"

经理说："这没有什么，我们这戏院明天只好另换新角了，该批的账我结出来，是交给你们哪位？"

陈神仙说："把后台的钱该给谁的给谁，我就都不管啦！"

冯亦禅说："她扔的这些事，只好我跟梦渔给她办，梦渔……"

他扭头一看，方梦渔直挺挺地站在那里发怔，一句话也不能说了。

时候已经不早，陈神仙困乏得了不得，说："可得回去了！"

冯亦禅说："咱们想一想，还有什么要紧的事情没有？行头跟戏衣都在跟包的手里了，好在跟包的就是小碧芬的跟包的，东西一定都拿到小碧芬家里去了；只是她还借了小碧芬的几件首饰，不知刚才她匆匆忙忙地戴走了没有？"

陈神仙一边打着呵欠，一边说："她连戏装都没有脱，首饰大概没戴什么，她今儿来的时候又只穿着一件大衣，一件蓝布褂。跟包的刚才要交给我，我说你先拿着吧……大概她也没戴去小碧芬的什么首饰。"

冯亦禅说："那倒没什么，因为她已经给了小碧芬一笔款啦！小碧芬绝赔不了账。再说她不久就要当阔太太了，也不在乎这个；我们大家都不至于因芳霞受什么累。同时，也说不定，名片上的那个人也许喜欢她唱得好，明天还放她出来演戏……事情自不可乐观，但也不必怎么的悲观。"

方梦渔却又不禁长叹了一口气，手里拿着那张名片，就说："我把这带走吧？"

冯亦禅说："算了吧！你带走这名片干吗？这个人的名字难道你还不知道？十几年前，报上天天用很大的字登载这个人的名字。那时正是他炙手可热的时候，现在虽然还有钱，可是没有势力了。今天他派人拿他的名片来，是给戏院的一个面子，同时表示他负责，人不是失踪了。这个人也未必就是恶霸，总是芳霞在人家的手里有短处。"

方梦渔却把这名片一摔，说："他不是恶霸是什么？不等着人把戏唱完，就将人家逼走，跟强盗有什么分别？"

冯亦禅说："他大概也是要唱戏，要唱《八蜡庙》的费德功，硬抢人家的女子。"

方梦渔说："你不要把这件事看得轻了，这是倚势欺人！你更不能确定芳霞是谁的姨太太，我相信她是一个纯洁的女子，她绝不会在什么人的手里有短处!”

经理赶紧给解劝，说：“得啦！得啦！你们二位也不必为这件事生气，好在今天也还没有闹出什么大麻烦，有什么事情明天再说，各位先回去歇息去吧!”

冯亦禅没再言语，方梦渔却依然生气，那张大名片，到底被他收在身边。同着陈神仙走出了戏院，陈神仙就雇上车走了，冯亦禅却拉了方梦渔一把，说：“你别迁怒于我呀！又不是我抢走了你的魏芳霞?”

方梦渔连连摇头，说：“没有！没有！你也是为芳霞出力的人，你出的力气比我出的还多，我哪能迁怒于你?”

冯亦禅说：“今天的事确实突如其来，以后芳霞就是仍然可以出来唱戏，也绝没有戏院敢邀她了，因为说不定她唱着半截戏，就能够叫人拉走。她的戏饭已经告终了，这实在是一个大损失，你跟我都白费了一场力。当然啦，我不过是为她白忙了几天，还不要紧，你却又为她负债，还又为她伤了心。我刚才说的那几句话，并不是我不关痛痒说风凉话，更不是对芳霞的事恶意猜测，实在是这件事情很明显；她这麻烦绝不是今天才惹下的，她的家中，必定早就有麻烦。这年头儿，凡是漂亮的年轻女人，大概很少没有麻烦的。你跟她自然也有点情感，可是据我想还不至于太深，那么管她这麻烦可干什么呀？咱们既没那工夫，又没那力量，徒自苦恼，还容易得罪人，我劝你切不要这样。你好好地回报馆去睡觉，明天先到医院去治你的咳嗽伤风。过几天，我想芳霞不是找你去，就是找我去，她绝不会一去无踪，杳如黄鹤。即使真见不着她也不要紧，以后咱们还可以合作，慢慢地再发掘坤角的新人才……”

方梦渔只是叹气。

冯亦禅又问说：“你怎么样？是雇辆车回去吗？这时候可快一点钟啦!”

方梦渔说：“我慢慢地走回去。”

冯亦禅说：“也好，咱们明儿见吧！我希望你可千万不要为此事受刺激。咱们全都不能算是年轻人啦，漂泊半生，饱尝世味，这点事儿，算得什么？你编报还能够不知道，世界上稀奇古怪的事情比这多得多。”

方梦渔连连地点头，当下就跟冯亦禅分了手。

他往南，他拖着沉重的脚步走着，随走随叹气。越往南走，马路上越没有人，甚至连街灯都看不见了，天上的新月也被云遮住。他觉得这世界太为黑暗，更不知道芳霞现在怎么样了。他想着：今天芳霞到戏院来，本来差一点就误了场，而且她也没有怎么装饰打扮，可见她原是有一种预感的。这显然是有一个恶霸，可能就是那名片上的人，早就在暴横地摧残她。我既是跟她有了这些日子的交谊，帮助她唱成戏……其实那也不算是什么帮助，现在她才到了真正需人帮助的紧要时候，我就能忍心眼睁睁地看着这个聪慧的女子，被人无理地危害着，而袖手不管吗？

他越想越生气，决定现在就到芳霞的家里去，就是见不着她，也得把她叫起来隔着门跟她说几句话，问个明白；该怎样就怎样，我不怕那名片上的人！

于是，他就加快了脚步。这时夜更深了，连一辆洋车也没有见着。雨后的天气本来寒冷，何况又是深夜，冻得他直打哆嗦，然而他的心头却汹涌着热血。

到了宣武门外斜街，就见这条胡同里黑乎乎的，简直如同一条墓道，连一个活动的东西，一星发亮的灯光也没有，地下还有不少的稀泥。几个小户人家，全都把那两扇小门紧紧地闭着，也看不见门牌，更听不见一点声音。他找了半天，才找着了一个小门儿，他便回想着那一天晚上是不是到这儿来过？这个门是不是芳霞的家？可别弄错了，因为这时大概有深夜两点钟了，无故地惊扰了别人，那可不大好。

他就站在这门前，于夜色沉沉之中，端详了半天，结果他断定就是这个门，一点也没有错。于是他伸手要去扣打这门环，但他突然又觉着胆怯，他不是怕里面有什么人，那名片上的人如果在这里，那他不但不怕，还更愿意，拼命、决斗也敢；他只是怕把门叫开了，而进到里面一看，芳霞却已经被摧残得“玉殒香消”。

他没听见门缝里有什么哭声，也没有鞭挞、诟骂，或是打架声，跟别的门里一样，是静悄悄的，大概里面的人都已安睡了。现在敲门不太鲁莽吗？还有敲门的必要吗？他又踌躇了一下，便用手去拍门环。

“吧吧吧”“当当当”这金属击敲的声音，在这静夜里特别的响亮。他连敲了一阵，又用拳“咚咚”的捶门，里边才有人问说：“谁呀？”这声音似乎隔得很远，大概是在屋里问的，然而方梦渔已经听出，似乎是芳霞母亲的声音。有了人答话，他就把门捶得更急了。

里边的老妇人一边骂着，一边大概是走出来了，说：“我告诉你，你不用回来，你怎么又回来了？你这小子，在里边瞎掺和什么，喝了点酒，刚才你就那么胡闹？我告诉你！你师妹的事情你不用管，连我是她的亲妈我都不管，是好是歹，都是她的命，得啦！你回去吧！半夜里你还来干吗？非得闹出人命来才行吗？”

方梦渔倒不由发怔了，不知门里把他当作谁了，于是他就赶紧说：“是我，我姓方，我是‘《繁华报》’的，魏老太太！请你把门开开吧！我要看看芳霞！”

里边不说话了，大概也是发了怔，待了半天，才隔着门问说：“找谁的？你到底是谁？”

方梦渔带点笑声地向里边说：“我前些日为取相片，到这儿来过，我是报馆里的，我姓方……”

门里说：“哦！您是那位报馆先生呀？您有什么事呀？”

方梦渔说：“我要来看看芳霞。”

门里说：“我们姑娘早就睡啦！有什么事情，明天白天您再来吧。”

方梦渔说：“我进去不进去倒不要紧，只是我想跟芳霞说几句话，隔着门说就行！”

门里说：“她今儿身上不大舒服，她屋子的门也关上啦，这半夜三更的怎么叫她起来呀？有什么话，您就跟我说吧！”

方梦渔说：“因为她今天在大戏院，戏还没唱完，就被人给硬叫走了，我不知道是有什么事？”

门里说：“我们姑娘早就不唱戏啦，有两年多没唱啦。您说的是绮艳花吧？那是我们的亲戚，她不在这儿住……”

方梦渔听这老太太的话，简直是故意支吾，使得他更着急，就说：“今天我们还在戏院见了面，芳霞她这次唱戏是我给办的，她还用了我几千块钱……”

门里的魏老太太一听说“几千块钱”，就疑惑是要账的了。半夜里敲门来要账，这可也是个急账，不用说，又是女儿惹出来的麻烦，所以，她大概是害了怕了，就说：“那么您等一会儿……”接着又仿佛是“咳”的一声长叹，魏老太太大概是回身走了。

方梦渔在门外又等了半天，他不断地咳嗽着，声音很大，跟刚才敲门环的声音简直没什么分别；他的心更急，腿都站得疼了。又待了半天，才听见里面老太太的叹气声，说：“天真太晚了！方先生，您别忙，等我慢慢地给您开门……咳！人就是别走背运啊……”“咕咚”一声，里边搬顶门石了，老太太又直喘气，方梦渔说：“您不用忙！”心里益为悲悯。

又等了半天，门才开开了，他就赶紧说：“我真对不起！我不该这么晚还来，可是……我因为不放心芳霞，不能不急着来看看……”他迈步走进门里，老太太就说：“赶紧关上门吧！赶紧关上门吧！”她仿佛非常害怕似的。方梦渔摸着黑，帮助老太太关上门，顶门石把他的手指头还砸了一下，疼得很。

他直起腰来，听老太太又叹息着说：“人都说家丑不可外扬，现在我们家里的事情，弄得人都知道了！咳！我跟瞎子，都不叫她再唱戏，她可偏偏要唱戏，唱出这么多的事来……”方梦渔虽然听了，却也没说话。

他同着老太太往院里去走，忽然脚踏着了一个棍儿似的东西，因为黑，低头也看不清楚是什么。老太太说："您再在这儿等等，我先进屋把灯点上！"方梦渔说："不忙！老太太您不要着急，我隔着窗户跟芳霞说几句话也行。"说着，一弯腰，就把刚才踏着的那个东西，由地下拾了起来。摸了摸，却像是唱戏所用的马鞭，但已给折断了，只因为有带子在上面缠着，所以还没有分成两截；他猜着这必定是因为拿它打人，打断了，才就扔在院中，没顾得拾起来。这就是摧残芳霞的毒鞭呀！这就是人世给予一个聪明自爱、坚强自立，有艺术天才的女性的报酬！他的心更痛，气更往上涌。

老太太把他领到那小屋的窗前，说："她已经躺下睡了，您还要进屋吗？……不怎么方便吧？"

方梦渔摇着头说："我也不用进屋，在这儿跟她说几句说就行了。"于是他隔着窗户，向里叫着："芳霞！芳霞！我是梦渔，我来看看你……"他说了这几句话，窗内屋里，并没有人言语。

他又叫着："芳霞！你答应一声，我知道你在家里，我也就放心了……"说到这里，他就听见窗内隐隐地发出啜泣之声。他就赶紧止住说话，细细地向里听去，听出确实是女子在哭泣，也像是芳霞的声音。

他就又说："你也不必难受！你原是个很坚强的人，难道遇见事情就不能解决吗？我能帮助你解决，我什么人也不怕，你放心好了。这社会还有法律，无论多么难办的事，你都放心！还有，我告诉你，今天你自戏院走了之后，并没有出什么乱子，只是都知道你是突然得了病了，戏院的经理也很能原谅。最好明天晚上你还出台，什么人欺负你，你告诉我，我去找他理论；在经济上，我也能帮助你，你不要哭了……"

他又说："还有，你遭受恶人的欺侮，你不要以为这是什么不名誉的事，绝没有人那样想；良善者才受人欺侮，尤其你是一个孤弱的女子。即使你有什么说不出来的事，那也绝不是你的错处，我是头一个了解你的，你不要因此伤心，你的不幸，更使我们同情。你遭受了欺侮，我们都很气愤，都更得爱护你，你要保重身体。芳霞！你现在的环境有什么困难？何妨对我说一说，我给你想法子……”

窗里哭着说：“方先生……”

方梦渔恨不得走进屋去，但屋里没有点着灯，而且无论如何芳霞是个姑娘，她已经睡下了，自己是个男人，真不能硬往屋里走。

就听芳霞一边哭着一边又说：“方先生您回去吧！天这么晚，又劳累您一趟，我真感谢您……”

方梦渔说：“你用不着跟我客气，你快跟我说明你环境的事。你这个人真太固执，到了现在你还不说吗？你还别觉着说不出口，告诉你，无论你是个怎样的人，我对你绝不会失望的，我绝不能因此就瞧不起你啦，我一定要帮助你……你坦白地说吧！”

窗里的芳霞却不说话，只是哭。

方梦渔就说：“你不说，我就在这儿不走！”

魏老太太说：“您别不走呀？我们这儿没有富余的屋子。”

方梦渔又说：“我在这儿等着那欺侮你的人，我不怕他的名片大，我不怕他的势力大，我不怕他！”

魏老太太说：“方先生！您就别管我们的事啦！”

方梦渔又向窗里说：“芳霞！如果你实在不愿在北平闹得你的事叫很多人知道，我们可以走，连你家里的人和我一同到上海去。到了上海我能给你们找地方住，还能够给你找舞台，你在那里唱戏，一定能更红；既躲开了那欺侮你的人，还能够养活你的全家，你快决定！”

芳霞在窗里还没回答，她的母亲就先说：“不行！我这么大的年纪，她爸爸那个样儿，怎能走得动？算了吧！我说方先生……”

这位老太太反倒冲着方梦渔发起急来了，说：“不是我们不懂得人心，您因为怕我们姑娘受罪，您才来看我们姑娘。可是我们姑娘她也没受罪，受罪也是我们情愿。您是一个外人，该管的管，不该管的您别管，我们的事情用不着您来操心！我们姑娘死了，我们姑娘嫁了人，我们把姑娘卖啦，我们姑娘跟人家怎么样怎么样，我们指着姑娘吃饭，吃姑娘，把姑娘叫人包啦，您也管不着！您就别再调唆着我们姑娘又去唱戏啦！您还要把我们姑娘跟我们一家子，都拐到上海……"

方梦渔说："不是！老太太你要听明白点……"

老太太捶着胸说："我怎么不明白？您把绮艳花拐到上海去就得啦，还想拐我的女儿？就是该你的钱，你也不能够当时就要！"

方梦渔真没法子跟这老太太说话了，真也说不出一句话来了。

这时候屋里的芳霞下了床，开了门说："方先生！您别生气，我妈她就是这么糊涂！"

方梦渔向门里去看，隐隐约约地看着芳霞，就摇头说："我哪能跟老太太生气呢？不过……"

老太太却去推她女儿说："你快进屋里去吧！留心冻着，连衣裳都没穿好。凭什么跟他一个野小子说话？半夜三更的，这不是成心来欺负人吗？"

芳霞站在屋里，痛哭着说："方先生！我真对不起您，辜负了您的心……"

方梦渔摇头说："一点没关系。"

芳霞仍哭着说："您放心我，我绝不能死，我将来还要报答您呢……"

方梦渔说："听了这话，我就放了心啦！你不必报答我，你只要珍重你自己，你时时得想着你是个天才，你正年轻，无论环境怎么样，你还有前途，你不可懦弱……"

芳霞趴在门上哭泣，她的母亲却把她挡住。

方梦渔就往前走了一步，又问说："你应当快点告诉我，你跟那个坏人有什么关系？那个坏人他现在想要把你怎么样？我好给你想法子。"

芳霞一边抽泣着一边说："我说不出口来，您去到铜柱子胡同二十号去找我师哥赛筱楼，他全能告诉您……"

她的母亲顿着脚说："你还叫他找你师哥去干吗呀？那个酒鬼，

刚才他把我气得还轻?”

方梦渔却连声说：“好！好！我找着赛筱楼我们再商量吧！我走啦！有什么事你千万给我打电话。”又说：“老太太！我对不起您，我走啦，请您也不要生气啦!”说完他就往外走。

魏老太太又追着他，口气也改过来了，说：“方先生您可别多心，刚才我是没弄明白，我老糊涂啦，又因为事情把我给急的……”

方梦渔连说：“没关系，没关系，打搅啦!”

魏老太太抢先去给开了门，又哀求似的说：“您也不用找赛筱楼去，他是个醉鬼！他穷疯啦，净打算给我们家里破坏，您千万可别听他的……”

方梦渔又漫然地答应着：“是！是！是!”

他走出了门，身后魏老太太把门又关上了，这时候他才发现，他的手里原来还拿着那只折断了的戏台上用的马鞭。

第八回　欲倩古押衙心劳计拙
巧逢盲卜者问底询根

方梦渔回到报馆，烦恼得他再也睡不着觉，咳嗽得更厉害了，身上也仿佛发烧。他心里想：我这实在是自寻烦恼！但是这烦恼，我还绝不回避。人生是得为别人解除困难和痛苦的，何况魏芳霞是我培护起来的一个艺术天才，我忍得看她横遭摧残而不管吗？无论如何我也得管到底，明天天一亮，我就去找赛筱楼。但是，他因为精神、身体全都太疲惫了，傍天亮时，不觉得就沉沉睡去。

及至醒来，已是上午十点多钟。他匆忙地起来，他得先做他的工作——编副刊。他看见了几篇作得很好的，都是夸赞“霞美卿”技艺的稿子，然而没法子登载了。各报上今天也都看不见芳霞的戏目广告了，昨晚大戏院里的事，幸而报上倒没见新闻。赶忙地把他应做的工作做完了，他就出去，雇车到那铜柱子胡同。

铜柱子胡同二十号，也是个小门户，隔着墙就听见里边有拉胡琴的声音，大概这院里住的几家也都是唱戏的，当然不是什么有名的。他进了院子一打听赛筱楼，就有一个抱着孩子的妇人从一间小屋里出来，说：“他……他就在胡同口外酒店的门前摆摊。”

方梦渔赶紧又走出来，到了胡同口外，见路西果然有一家酒店，门前有一个卖烟卷的小摊，可是没有人。

他就上前说：“这摊子是谁的？我买烟卷！”

有个小孩子就向酒店里喊说：“有人买烟卷来啦！”

酒店里当时就答应了一声，跑出来一个人。方梦渔一看，就知道这摆烟卷摊的小贩，一定是“梨园行”，并且还是“武行”出身。因为他的头发很长，而且向后拢着，身体十分的强壮，年纪有三十多岁，脸喝得发红。他穿的是短衣裤，也不整齐，鞋上还有补丁。

方梦渔点点头，带笑问说：“有一位梨园行的，名叫赛筱楼？”

这人说：“我就是啊！”他看了看方梦渔，因为觉着很面生，不像是邀他去“帮角儿”的，他就有点疑惑了，说：“您找我，有事吗？”

方梦渔说：“我也是受人之托，魏芳霞你可认识？”

赛筱楼更疑惑了，他把方梦渔仔细地看了看，就爽性地答应说：“不错，我是她的师哥！你找我有什么事吧？”

方梦渔知道得赶紧把话说明，不然这赛筱楼真许疑惑我是那“名片上的人”派来的，那可得起误会，他就许向我来一个“武把子”。于是就说：“我是在昨天晚上见着她了，她托我来找你，帮助她解决她身旁困难的事。”

赛筱楼问说：“您贵姓？”

方梦渔说：“我姓方，我在《繁华报》做事。”

赛筱楼笑着说：“方先生！久仰大名！”接着就叹了口气，说：“方先生大概也知道我，我跟芳霞是师兄妹，早先一块儿跟教武把子的邹老师学武生，她的《长坂坡》《阳平关》《狮子楼》《英雄会》几出戏，还全是我给她说的。后来她因为是坤角，没人邀了，我也坏了嗓子，又不走运，可是我们还有来往。谁想到……别说啦！您都知道，我要骂她，跟骂我自己一样。她越来越不往正路上走，家里是乱七八糟。我是她的师哥，又不是她的亲哥哥，我能说她什么？说过她一两句，她还当时就恼了我。前两天她挑大梁、组班儿，别说没邀我，要不是同行的跟我说，我还不知道霞美卿就是魏芳霞呢！别人不邀我行，她是我的师妹，也竟不拉我一把，叫我再吃半碗戏饭？心这么冷，她还有好报？”

方梦渔也叹息点头，说："这实在是她的不对！不过你也得原谅她，组班不是她自己办的。再说她这一次改唱旦，也没想到就能够唱得红，她自己都没有把握，当然也不敢遽然地就邀请你。"

赛筱楼说："我知道！我没怪她，您听我说话都这么嗓子哑，更喊不出来。唱武生的可也不是非嗓子不行，不过我还真没给谁当过配角，她绝不能叫我去跑龙套。这都不用说啦，我做这小买卖，还能够维持生活，不唱戏也饿不死。她的班子里不要我，我不挂劲儿；她不认我啦，我还不能不认得她，想当年是同师学艺吗，义气不能忘啦！要不然昨晚上我听同行说，她在大戏院唱着半截戏就出了事，我当时就跑到她家里去打听……"

方梦渔说："就为的是这事，昨晚我也知道你是去过啦。"

赛筱楼愤愤地说："要不是我去了，那小子能够把芳霞的血都给抽飞啦！马鞭子都打成了两截……"

方梦渔的心里一阵疼痛和疑惑，就问说："我知道！可是那个人为什么就那样残忍？她为什么就怕那个人？"

赛筱楼说："这，这就连我也弄不明白啦！我不愿意管她的事就是为这，我弄不明白他们是怎么回事？我瞧着干生气，白着急。昨儿我要跟那小子拼，她的妈倒拦住我，还推我走。我本来说的是叫那小子等着我，我回来拿刀子；他是个混混儿，我也不是好惹的，我们两人来个'比武论刚强'！可是回到家里，我的老婆一劝我，我又想：干吗呀？出力也得出得值，她们母女愿意叫人家拿脚踢，拿鞭子打，我可给她们白出什么力！"

方梦渔说："她也绝不是愿意受那人的欺辱，不挣扎，她也未必真怕那个人！"

赛筱楼说："不错！有的时候是那样，可只是一股子劲儿。譬如昨天，她唱着半截《虹霓关》，去夫人，穿白戴孝，可是人家一找她，她连装也不换，立时就走了，她大概也是故意叫那个人丧气丧气。她的嘴也不饶人，只是人家拿鞭子打她，她不敢还手呀！人家叫她在当院跪着，她就跪下了。"

方梦渔听到这里，心就仿佛被针扎着似的，由那针孔里还不住地冒气。

赛筱楼说："女人没办法！只要是有钱有势的，打她也愿意！"

方梦渔说："或许有，但是芳霞绝不是那样的人！她要是甘于沉沦，她不能够又刻苦学戏；她要是真怕那个人，她此次也不敢登台。"

赛筱楼说："可是就登出麻烦来啦，那个人是旧历年前走的，她想趁着那人没在北京的时候，学学唱旦，出一个风头。"

方梦渔摇头说："绝对不是想出风头，她是要想经济自立，现在一定是那个人养活着她的全家。"

赛筱楼说："这话您是猜对了！她自从不唱戏，生活没办法，就指着那个人养活着。"

方梦渔叹了口气，又皱着眉说："我知道，那个人过去是很有势力的，现在一定是还很有钱。"

赛筱楼说："谁知道他是什么东西？我连他姓什么都不知道，去年有一次我到她家里去，就看见那小子在她家里头腻着，不大像样子。后来我看出来了，我是又气又羞，然而没有办法，昨天我又差点就跟那小子揪起来，别看他人儿似的，可不定是干什么的啦！"

方梦渔说："那么，咱们还是给她想一个办法吧！是她叫我今天找你来。"

赛筱楼顿着脚，咳地叹了口气，又低声说："方先生，我虽不认识您，我可也听同行的说了，她这次唱戏置行头，全都是您给她借的钱。这回她一定把您坑得不轻，您要早知道她是这么一个人，您绝不能跟她那样热心，上她的当！"

方梦渔摇头说："不！我要早知道她的事，我就得早给她想法子。我借她钱就没想叫她还，我对她热心，也不是有什么目的，我不过是为扶植她，因为她是一个戏剧的天才。直到现在我还认定她没有堕落，她依然是一个清清白白的好女儿！"

赛筱楼叹气说："她是我的师妹，我能够说她什么呀！"

方梦渔说：“假定她早已堕落，那也是由于她的环境，绝不是她心甘情愿，她现在就好像在难中一样……”

赛筱楼说：“您以为她是上‘八蜡庙’去烧香的小姐，被恶霸费德功抢去了?”

方梦渔说：“是呀！咱们得快想法子去救她!”

赛筱楼说：“您真是个好人，连我都不想管她的事啦，您还要管。”他想了一想，又说：“这么说吧！救她容易，我上她的家里一待，那小子一来了，我就把他打出去。他还未必有费德功那么些个壮丁、家将，我在她家里，就绝不准那小子去，他去，我就揍他。可是谁管她们一大家子吃饭呀？将来又怎么办呀？难道我老给她把门，让她藏在屋里躲妖怪?”

方梦渔说：“我想还叫她唱戏。”

赛筱楼说：“她唱戏人家就给她搅，就逼着她走，她那时候又软了，不敢不跟着人回去。”

方梦渔说：“可以叫她到别处去唱，你也可以跟她一块儿去。”

赛筱楼说：“您的意思是想叫我给她当配角，又给她保镖？主意倒不错，可是不彻底。现在只有一个办法：譬方您，要是家里没有太太，您就跟她结婚！您可还得有钱，能养活她父母；您还得别怕捣麻烦，谁要是欺负了她，就是欺负了您的太太，您能够去告状；假定那个人耍无赖，我去揍他，我算是您的朋友，或是您的把兄弟，这才行。要是咱们全都是外人呀？那她的母亲都跟我说过了：‘好歹都是她的命，我是她的妈我都不管，外人更管不着!’”

方梦渔觉着这倒是个难题，想了一想，就说：“她家中的生活，我可以担负，她也可以跟我出来，或是跟着我走。不过，结婚，我自然没有什么不可以的，我也没有太太，我不怕将来捣麻烦，可是这结婚的事情，也得她本人愿意呀！她的父母多少也得有点赞成呀!”

赛筱楼说：“这都好办，我也可以替您去问问她们。反正吧！她非得结婚不可，她早结了婚，绝没这些事。一个姑娘大了，没有婆婆家，家里的父母再都不管，还放纵着，那只要叫野男人进了门；再指着人家吃饭，就一点办法也没有了！您要是真有心娶她，我就做媒，以后有麻烦您还可以找我，因为，她要是您的太太，那就好办啦！现在她是谁的太太也不是，那个小子到了她家里，充老爷，她们自己全都不作声。我只是一个师哥呀！师哥又有什么权利？所以弄得我干生气，没有一点办法！”

方梦渔点了点头，就从摊上拿了一盒烟卷，抽出一支点着了吸着，心里想：赛筱楼说的话对，没有权利是不能管人家家里的事！可是要跟芳霞求亲，那可真是乘人之危，反倒遂了我的心愿。她答应是一定得答应啊，我也实在是求之不得，麻烦我更不怕，只是……我岂不是成了个荒唐人物？他想了半天，最后一跺脚，心想：荒唐就荒唐吧！为了芳霞，都值得！我就这么办！

于是他就说：“好！只要你能够给办得到，我无所谓。不过我不能自己去说，昨天她的妈就已经疑惑我是要拐她的女儿啦！”

赛筱楼说：“这件事情当然是我去给说，现在我就叫我家里的来看摊，我就去一趟。你不住在《繁华报》社吗？又不远，我办好了一定去给您送信。可是这不像别的，只要订下，您就得快找房子，或是买火车票，要不然你就搬到她家里去，门口钉上您的牌子：‘方寓’。”

方梦渔的脸都有点红了，点头说：“好！好好！”

赛筱楼也笑了，说：“这就行！只要有了办法就行，事情就怕没有办法。”遂向旁边的一个小孩说，“你给我看着摊！”又向方梦渔说，“您先回去吧！我到家里叫我的老婆抱着孩子来这儿看着，我马上就去。只要她点了头，我再把她家中的人说服，我就给您去送喜信儿，以后咱们就算亲戚啦！”

方梦渔真觉着这是闻所未闻，事情能够这么快吗？妙的是这赛筱楼怎么想起来的这个主意呀？这主意确实不错，有道理，而且大概还很有效，我实在想不出来。遂就又点头说：“好好！”并掏口袋要给烟卷钱。赛筱楼却把他拦住，说：“这么一盒烟，您还要给钱吗？算了吧！我要是不知道您是个好人，我不管这事。您也是，以后您就瞧我，我虽然穷，可是告诉您，咱虽没有走过绿林，可是慷慨好友！”

方梦渔倒疑惑他是不是喝醉了？刚才出的那个主意大概也是个醉主意，未必有谱，然而，那个主意确实是一个妙主意，放心由着他去办吧！于是就又点点头，说：“那么好吧！待一会见吧！我在报馆里等你的回话。”说着，遂转身走去，还不住地回头。

他一路上就越想越觉着紧张、兴奋，回到报馆里，一个人在屋里，更是坐立不安。他以前两日芳霞表现出来的那种幽情来猜测，要跟她求婚，她还能够不破涕为笑吗？不高兴非常吗？不喜出望外吗？不如绝处逢生吗？不庆幸终身之有托吗？她的家里当然也疑惑我有钱。本来，只要是我真结婚，叫芳霞穿上大礼服，头上披上纱，手里抱着花，跟我照个结婚相片，给我表兄寄去，他一定还借给我款，朋友并且都得送我贺礼。报馆不能住，就去租房，租不着房住旅社，甚至真可以带着她到上海。报上也得给我登新闻：“名记者方梦渔与名坤伶霞美卿……”啊！那可是绝妙的新闻，小报更得登了。朋友们不但给我贺喜，还得吃我们的豆腐呢……

不过……他突然又想起了那张名片，那张还在他身旁带着的赫赫惊人的大名片，想起了那个用魔手抓住了芳霞的人，他不禁又皱起了眉，不禁想了一想。可是当他看到了桌上放着的，那昨夜从芳霞家里带回的马鞭子，这鞭子曾经在一个恶人的手中狂抡，曾经使一个素衣抹粉、戏装未卸的明慧美丽纤弱的女子，跪在地上不住地宛转娇啼，他又愤怒起来：这是什么事情？我纵没权利，纵没关系，专为了人道我也得管！为了不平我也要干涉！好了，我非娶她不可，非拼出去不可了！

方梦渔就这样忽而生气，忽而喜欢着，他的咳嗽使得他精神不好，却又极为兴奋，他期盼着赛筱楼的回音，比盼什么都盼得厉害。他想这时候芳霞必定已经点头了，只是，赛筱楼为什么还不快来呀？

直到晚间，赛筱楼还是没有来回话。方梦渔原想去找他，可是那样一来，真显出自己是要跟芳霞结婚，是有意图的，这太不好意思；想要再到芳霞家里去，觉着也未必就有结果，人家魏老太太真许不给开门，赛筱楼说得对，我们本来跟她家都毫无关系，等于是陌生的人，怎能够管别人家中的闲杂事？

他这报馆里的一些同事们，都不再用芳霞为话题而拿他打耍了。大家有时正在谈着，只要一见他进了屋子，便把话立刻止住，并且绝不再谈论“霞美卿”的事，连有关别的坤伶的事，也都避免对他谈说，好像是大家怕他听了，就触动了他的愁怀。大家都似深深地对他表示同情，觉着他太不幸了。那位编本市新闻的廖先生还劝他，说：“老方！你要往开了想。社会就是这么个社会，女人也不过是女人，尤其是歌台舞榭，玩玩就是了，何必太认真？花了点冤钱也不算什么，只当得了一场病。”又说，“我早就想告诉你，可是要在前几天跟你说，一定得招你反感。现在，好在你还并没有什么大损失，你没跟她订婚，恋爱的程度大概也很浅，就算了吧！把身体精神赔上，那可真不值得。”

方梦渔也不辩白，听别人说话，他只是发怔，他真好似是丢失了什么，想不出一点办法能够把这苦闷解除，把已经破碎了的梦补上。

赛筱楼那人真靠不住，次日，也没见他的影儿，他大概把他说过的话忘了，或者就是他去说了，没有成功。芳霞拗不过她的环境，她就这样的堕落下去了，埋没起来了，如死人进了深深的坟墓。

方梦渔对于他自己的工作——编副刊，都也失掉了兴趣，尤其是有关评戏的稿子，他简直连看也不爱看了。他怕再见报上登的戏园广告及坤伶相片，那都使他心生感慨。近两日，“金牡丹”的戏忽然唱红了起来，“霞美卿”三个字已无人再提起。

冯亦禅连打来了两回电话，都是说：“我没有工夫上你那儿去，你倒是上我这儿来一趟呀！魏芳霞唱了两天半戏，刨出开支，还剩了一千多块钱。账都弄清楚了，钱在我这儿存着了，你要不快来取，我可就慢慢给花了……还有，芳霞新做的那几件戏衣，那到底算是她的产业呀！也得跟小碧芬弄清楚了啊，人家下月十号就要嫁人啦，你不来办，我可不管……”

方梦渔真懒得去办这些事，虽然用芳霞唱戏剩下的那钱，再把新制的戏衣变卖了，差不多可以补上在表兄那里借下的那笔亏空，可是他不愿意去做，他还希望着芳霞能够再登台，虽然这种可能性已经是很小了。但芳霞就像是他的一个死去的爱人，她遗下的钱，忍得替她支配吗？她遗下的锦绣犹新的戏衣，何忍再睹呢？

这天方梦渔实在忍不住，他又到那铜柱子胡同的口外，去找赛筱楼；他什么话也不提，只是把那天拿的那一盒烟钱给了。赛筱楼见了他，倒很惭愧似的，说：“方先生！那天咱们想的那个主意，不是很好吗？可是我去了……”下面的话方梦渔简直不敢用耳朵去听，但听赛筱楼说：“我怎么说也是无用，她妈要跟我翻脸，说的那些不是人说的话，我简直不能告诉您。我问她本人……”

方梦渔就说：“我所关心的就是，她这几天的情况好不好吧？”

赛筱楼说：“怎么不好？我去的那一天她就正在擦胭脂抹粉的，有什么不好的呀……”

方梦渔说：“这就完了！我们就不必再管了。”

赛筱楼说：“我一提那个主意，她就流眼泪……”

方梦渔当时又注意地去听，赛筱楼接着说：“她可是无论如何不点头，干脆由她自己就不同意！事情没办法，主意白出啦，所以我想：也不用去给您送回信了。”方梦渔点了点头，苦笑着说：“没有关系。”回身就走了。

他虽然很生气，觉着芳霞是自甘堕落，但又想：她听说了那结婚的拟议，就哭了，这确可见她依然多情，太为可怜，她的心头不定有多深的忧虑，她的环境必定是万不得已……这，我还是不应当撒手不管呀！

他离开了赛筱楼的烟卷摊，就要再往芳霞的家里去看看。他边走边想着，可是越想越觉着无意义，事到如今，还有什么办法？她就是心中还留有一点残情吧，也许未必是什么情。他暗暗叹了口气，想要回身，不去了吧！

这时已经望到“斜街”那条胡同了，他突然听见有人“哨哨”地敲着算命的小锣，就见对面走来了一位瞽者。这瞽考，他断定就是芳霞的“瞎大舅”，现在必定是才从芳霞的家里出来．他又去干什么了？这个有五十多岁了、衣履不齐整的失明的人，他的手指倒未见得能算出别人的命运，可恐怕真捏住了芳霞的命运：他用竹竿向前试探着黑暗的途径，他可千万不要领着他的外甥女也往那黑暗中走吧？方梦渔就站住了身，看着他，忽然观察出他的脸色也带着忧愁，并且一边走着，一边敲着小锣，一边叹气。

方梦渔见这位瞎大舅的脚已经快踏到地下的一摊淤泥里了，他就说：“泥！泥！先生您不要往前迈步！”在北平对瞽目的人都称作“先生”，这是尊称，也是对于这些不幸而残废的人，一种同情的表示。他这样一说，那瞎大舅当时就止住了脚步，说：“这一定是人倒的脏水，不讲公德！”

方梦渔赶紧上前搀了搀他的胳膊，领着他躲开了地下的那一摊泥水。

瞎大舅就连声说：“费心！费心！世界上有好人，要都是把良心揣在胳肢窝里，那……这世界，人就更得遭劫数了……咳！”

方梦渔一听，这位瞎大舅，竟是一位“愤世家”，一开口就是牢骚。他一定是个好人，那么他的外甥女魏芳霞所遭遇的事，他必定很是愤恨。他虽失明，但心里是明亮的，他一定为他外甥女的现在、将来都很担心。芳霞的那些事，从头到尾，恐怕谁也没有比他知道得更清楚了。于是就想：怎么跟他谈一谈才好，细打听打听才好。可是用什么法子呢？假装请他给算命？那太滑稽，近于欺骗。于是，不待瞎大舅迈步再往前走，他就冒昧地问了一声：“芳霞现在在家了吗？”

瞎大舅发了怔，细细地用耳朵听，问说：“你是谁呀？”

方梦渔带笑说：“大舅，你不认识我！”

瞎大舅说：“我怎么听着声音很生呀？你是哪一位呀？”

方梦渔说："我知道先生您是魏芳霞的大舅，芳霞跟绮艳花我全都认识，并且都很熟……"瞎大舅说："啊！您是梨园行的吧？"方梦渔说："不是，我在报馆……"瞎大舅不等他说完，就蓦然大悟地说："哎呀！您是方梦渔方先生呀！我正想找您去啦！"把方梦渔倒不禁吓了一跳。

瞎大舅侧着脸儿笑着，瞽目人的笑容是那么亲切而和蔼。这叫方梦渔放了心，知道说是要去找他，并不是什么质问，或是麻烦，或许是有些感谢，或是同情。他就说："先生，您要找我去，是有什么事吗？"

瞎大舅说："也没什么要紧的事，不过，我老想拜访拜访您，跟您去谈谈。前天，我听说赛筱楼受了您之托，到我们亲戚家里去给芳霞提亲……"方梦渔的脸不禁通红，幸亏瞎大舅看不见，他就说："那并不是我托的赛筱楼。"瞎大舅说："不，您应该托他，可是不如早就先托我！"

方梦渔一听，又把希望全都掀起来了，很是喜欢，以为瞎大舅是自荐愿意给做媒，他要是做媒当然更有力量，却听瞎大舅说："您要是托我，我当时就告诉您了，不行！"方梦渔的心又突由沸点降到了冰点，他赶紧解释说："那并不是我的意思！我从来也没那样想过，我跟芳霞相识得并不久，往来也不密切，纯粹是友谊，我纯粹是为帮助她登台唱戏……"

瞎大舅说："我早就拦阻她千万别再去唱戏，唱戏准有麻烦。"

方梦渔说："是，当初我也不知道，她自己倒不见得急于要唱戏，完全是我促成她的。所以，假定她因为这次唱戏受了什么迫害，我当然完全得负责，我良心上更得负责任。至于什么求婚的话，那是赛筱楼随便说说，根本我没有希望，我只是希望把事情弄清楚了，别叫她为我受累。同时，在别处还存着她差不多有一千多块钱跟戏衣，也得……不用她去取，可是我怎么才能交给她呀？我现在来，就是想找她问问……"

瞎大舅说："这旁边有茶馆没有？咱们进去找个座儿细谈一谈，

茶钱我给……”

方梦渔向旁边看了看，见附近没有茶馆，可有一家小饭铺，于是就说：“我们进饭铺去吃点什么，或喝点酒，再谈谈好不好？”瞎大舅说：“我可……”他摸摸衣裳口袋，大概是恐怕钱不够，方梦渔就说：“不要紧，我有钱。”

瞎大舅笑着说：“哪有这样儿的？今天头一回见面，就叨搅您……我可还真没吃午饭，因为那个人，现在又在芳霞的家里了，我在她们这儿简直吃不下饭去！”

方梦渔心中又掠起了一阵妒意，他急急地搀扶着瞎大舅进了路旁的小饭铺。这小饭铺是只卖炒饼跟炸酱面，倒也卖酒，方梦渔就先要来了一壶烧酒，他给斟着，并送到瞎大舅的手里。

瞎大舅放下小锣和竹竿，双手托着酒盅，慢慢地往嘴唇去送，又悄声地说：“我们亲戚家里的事，要说实在是一时也说不清……”

第九回　暴雨摧花芳春罹噩梦
佳人递简女伶作红娘

瞎大舅咽下一点酒，双手仍托着酒盅，往下去说：“您不是也认识绮艳花吗？等她回来您问她，就能够知道了！”接着叹了口气，说：“我先跟方先生说，我外甥女芳霞的那些个事，要说还都是我给她招来的！当初我可也不是故意，想不到现在会闹成了这个样子！都是因为我没看出人来……”

方梦渔听着，真觉着着急，因为他说的话太不扼要了，到底是怎么回事呀？你倒快说呀！

瞎大舅说：“您知道贾大人，不是二十年前有名的一位大官吗？这些年官虽不做了，可还是一位大绅士，大财主。”

方梦渔知道，他所称呼的“贾大人”，就是那张大名片印着的那个人，但是那人恐怕至少也有六十岁了，难道他就把魏芳霞霸占住了？接着他往下又一细听，原来不是这么一回事。

瞎大舅接着说：“我们跟魏芳霞的家里，原本都是南方人，上一辈来到北京，都做小京官，就结了亲。芳霞的妈是我的同胞妹妹。她的爸爸，我那老妹夫，跟我的胞弟，自从改换了民国，又都在一个衙门里做事，都是管文案的。您都听明白了没有？我说的就是芳霞的爹爹跟绮艳花的爸爸呀！他们都是早先的小‘灾官’。那时候光做事，一年也难得发几成薪水，两家的日子，渐渐都是越过越穷。

我的胞弟，绮艳花的爸爸，十几年前就死了。绮艳花长得大了一些，她妈就叫她学戏，早先是在天桥戏棚里唱，去什么《三娘教子》的‘小东人’那一路角儿。前几年她的妈，我的弟妇，可也死了；这是说我们家。

“至于魏家呢，芳霞的爸爸先是被裁失业，在家里教私塾，挣的不够吃的。因为内侄女学了戏，便也叫女儿去学戏。他可有个限制，不叫女儿唱旦。他是一个老脑筋，他说哪有叫个姑娘到戏台上，给人天天当媳妇的呢？那绝学不出好来。所以就叫芳霞唱武生，说是省心，不至于出麻烦，芳霞也就这么唱下去了。唱了两年，她的爸爸又得了半身不遂，私塾也不能教了，光指着女儿唱戏养家；又没想到，后来改了男女合演，绮艳花因为早就拜了老师学花旦，所以越唱越红，芳霞的武生，就没有人请啦!”

瞎大舅又说：“她家里爸爸既成了残废，女儿又不能唱戏，一天一天的，日子更困难起来了。想给芳霞找个婆家吧，可是又高不成，低不就。她是个属羊的，水命，我给她算过，她是个桃花命啊！命薄，又克夫……”

炸酱面端上来了，方梦渔连筷子带碗全都送到他的手里，这瞎大舅就一边吃着面，一边又说：“再说我呵！我可是有侄子、侄儿媳妇，跟侄女，侄女绮艳花唱的戏还越来越红，一个月就能挣一大堆钱，听说她脸上擦的胭脂一盒就是几块钱，我可也没瞧见。我也不指着她们来养活我，我年轻的时候就打锣算命，算了也有这么些年了。我在家里只住着她们一间房子，连吃，我都是自己买着吃，有的时候我倒在芳霞的家里吃饭。可是芳霞家里在去年，真有时候吃了上顿没有下顿，我算命挣的钱，倒得贴补她们。我算命，一天也不容易有一个买卖，挣的钱也不能多呀……”

方梦渔到现在算是把绮艳花跟魏芳霞两家的历史跟情况，都听清楚了，可是最近的事呢？关于那名片上的那个贾大人，与他们两家，尤其是跟芳霞的事呢？

就听瞎大舅又说：“找我算命的，多半都是些老太太，有时候遇见大宅门的老太太叫我，我就能多挣点钱。去年春天，那时候比现在的天气还冷，是二月初十，我走在四府大街，就叫一个大宅门的大管家，把我拉进去了，原来就是贾大人的太太叫的。贾老太太是一位慈祥的人。她叫我给她的儿子大哥儿算命。原来她的那位少爷，在外面安着好几份家。家里就是有百万之富吧，可是钱到不了他的手里，他就在家里偷。因为这，就闹得父子不和，贾大人很是生气。太太可是护着儿子，就疑惑儿子是命里犯什么？有谁给他下了镇物了？或是外面有野女人，把他给妨的？就叫我给算。

“我一算，是一个败家子的命，我可不能够直说，我就劝老太太不用忧心：大哥儿今年不是才二十八吗？他到了三十岁，自己就能够收心啦，将来一定比他的老太爷做的官还得大。我把那位太太说喜欢啦，就给我摆点心，还叫丫鬟给我切水果，问我在哪儿住？家里都有什么人？我那时候可也不该说，我最不该说出来唱戏的绮艳花就是我的亲侄女。我的两只眼睛看不见呀！我哪知道，那时候那个贾大少爷贾大哥儿，就进来了，他都听去了！第二天，他就上了我们家，不是找我，是为找我侄女绮艳花……”

方梦渔点了点头，才知道这件事与那张大名片，并没有直接关系，原来是那人的不肖之子，这就更不必怕了，更好办了。

瞎大舅又说：“贾大哥儿到了我们家，当然是找绮艳花，没怀着好心眼。可是绮艳花现在在外面的交际有多么阔？有钱有势的大爷她也见的不知道有多少了，她能够瞧得上贾大哥儿？不过又知道贾大哥儿会胡缠，他们家里又阔，也不敢得罪他。恰巧这时魏芳霞又去了，我也听说过芳霞是比她表姐长得还好看，大概因此贾大哥儿就舍了绮艳花，去缠住了芳霞……”

方梦渔冷笑着说：“这人可也真无聊！”

瞎大舅说：“他整天上芳霞的家里去，胡玩胡闹，有时候还打芳霞……”

方梦渔才端起面来吃了一口，听了这话，却又气得咽不下去，就愤愤地问说：“芳霞为什么就怕他呀？”瞎大舅说：“起初也是跟他打，可也打不过，缠不过，结果又跟他好了……”方梦渔一口面就堵在心里，真觉着难受。

瞎大舅又说：“芳霞是自从武生没人邀了，她就要改学花旦，可是贾大哥儿不准她唱。后来芳霞在家里无聊啊，上了几天学，想学英文，可也没学长……”方梦渔问说：“一年来芳霞家里的生活费用，是不是由他供给？”瞎大舅说：“他供给，可也供给得不多，因为他也难得从他家弄出来钱，听说他另外还有两份儿外家。”

方梦渔说：“芳霞糊涂，就应当早和他脱离！”瞎大舅说：“本来就没嫁他，脱离什么呀？”方梦渔说：“就应当对他不理，把他推出门去！”

瞎大舅说：“这就是我那个胞妹，芳霞的妈，太糊涂啦！她只图眼前的一点小便宜，不管女儿的终身。我倒是真看不下去，可是我又没眼睛，我劝她们，她们不照着我的话办；我打贾大哥儿，又打不过。现在贾大哥儿更惹不得啦！他的爸爸给他托的面子，他也有了差使啦，大概是个官，在河南做事，他索性更了不得啦！去年冬天他临走的时候就吓唬芳霞说：‘你要是跟别的男子讲恋爱，我回来就宰了你！’他走后，芳霞偏偏不听话，又学花旦，又去当票友，还时时想再登台。我就知道这样下去，贾大哥儿从河南回来，一定就是个大麻烦！她却不听，我真替她担着心，她瞒着她爸爸跟她妈，在外面就跟您认识上了……”

方梦渔说：“我跟她认识，并不知道她家里的这些事，我也曾略略问过她，但是她不肯告诉我。”

瞎大舅说：“是啊！事前连我也不知道，是您借给她的钱，置的行头唱的戏，昨天她才说出来。所以贾大哥儿说她跟您恋爱上啦，拿着手枪就要找您去，幸亏被芳霞哭着求着给拉住了。我可想着，您是一位好人！赛筱楼前天去，也说您很好，是一个老实人。所以我想，咱们惹不起他贾大哥儿，尤其他现在自己有了势力，有了钱，闹出事来，他的爸爸还能护着他。您是一个做事的人，惹不起他。他说他跟您没有完，非得把您弄死才行！我听了就害怕啦，我才要到报馆去找您，没想到咱们遇见啦，方先生……”他又探着头，低声问说：“您的府上是哪儿?”

方梦渔说：“是上海。”瞎大舅就请求似的说：“我劝您还是走吧！快躲避躲避吧!”方梦渔冷笑着，不言语。

瞎大舅又说：“咱们惹不起他呀！您本来是一片好心，芳霞也发誓说，您跟她一点什么也没有。可是，贾大哥儿不信呀！他非要弄死您不行。又加上赛筱楼，喝醉了胡说，说您要跟芳霞求亲，贾大哥儿也知道啦，他就更火儿啦！方先生，您也是时运不好，一片好心倒成了恶意，命中犯小人！我劝您还是趋吉避凶，趁早儿躲一躲他吧!”

方梦渔摇摇头，气得只是冷笑。

瞎大舅又说：“绮艳花上上海去啦，她哥哥给她拉胡琴，都去了这么些日子啦，听说也快回来啦。我倒真不愿意她回来！因为贾大哥儿是个色鬼，现在自己得了势，有时候还打着他老子的招牌，简直更骄傲了，万一绮艳花回来，他再把绮艳花也看上，岂不是……”

方梦渔愤然地说：“世界上绝不能容许这样的人，欺负人，欺负人家的清白女子!”

瞎大舅说：“依着我的主意，方先生您就快回上海。”方梦渔说：“谢谢你的好意，可是我不怕他!”瞎大舅又托付着说：“您赶到上海，把绮艳花拦住，叫她也先别回来!”

方梦渔说：“这事我想是你的过虑！绮艳花回来也不要紧，我想姓贾的还未必就像《八蜡庙》的费德功，或是恶霸武文华、妖精金钱豹那样的厉害！再说现在也不像早先那个世界了，现在有公理，有法律，有地方去讲是非。芳霞受欺负，也是因为她本人太懦弱，她想挣扎，而又勇气不足。我看她表姐却比她世故，人也精明得多，她既是早先就跟姓贾的疏远，即使现在回来，姓贾的大概也不能把她奈何！姓贾的只欺负芳霞，因为芳霞的父亲是个半身不遂，母亲又贪图小利，她自己更是已经叫人拿下马去了，她现在最需要的是别人去帮助她。”

瞎大舅说："别人帮助她也是不行！譬如我，我早先主张跟贾大哥儿打官司，可是她们不干。赛筱楼也不服气，可是芳霞的妈又说：'你不过是个师哥，你管不着！'我倒愿意这时候忽然来一个更有势力的人，哪怕叫芳霞去给人当姨太太呢？可是倒把她保护住啦！假定您要是个官，也可以叫她嫁您。不过芳霞……我也是替她真着急，她有时哭，可有时又跟平常人一样，真不明白她是什么打算！"

方梦渔听到这里，气虽没完全消，心却已有点冷了，他就不住地叹息，一碗面也实在吃不下去了。瞎大舅倒是全都吃了，还喝了有半壶酒。

末了，方梦渔又问芳霞的那钱和几件新做的戏衣，交给谁？瞎大舅说："我也不管她的事，我要把戏衣给拿到她家里，贾大哥看见了，就能打我……"想了半天，他就说："那索性等着绮艳花回来再说吧！可是我还是劝您快回上海，我也不愿意绮艳花回来，因为那小子不讲理，是一个色鬼，又是个凶神。我是个瞎子，绮艳花是个姑娘，又是个唱戏的；她哥哥是给她拉胡琴的，赛筱楼是个卖烟卷的；您不过是一位报馆编辑，把咱们都凑在一块，也惹不起他一个呀！咳！我劝您还是躲事吧，忍事吧……谢谢您啦，我现在还得去串街敲锣算命啦！"

这位瞽者，用手摸着了他的小锣跟锣槌儿，又去摸那根"明杖"。方梦渔付过了饭钱，便又去搀扶他。两个人走出了这小饭铺，瞎大舅说："行啦！行啦！您不用管我啦！我虽没眼睛，可天天得走很多路。跟您算是交了一位朋友，我的话说得对不对，您回家去再细想一想，我可都是直言啊！"

方梦渔点头说："是！是！"又说，"我还要烦劳您一件事，您若再到魏家，可以告诉芳霞今天我们遇着的事，并请告诉她，我很好，同时劝她也无论如何要保重身体！"

瞎大舅说："那一定啦！我见着了她，还能不告诉她吗？方先生您对她这样关心，她也不是不知道，不过……都是没有法子！咳，也不用再说啦！方先生请回吧！再见！再见！"他敲着小锣，以竹竿探着路，就慢慢地走去了。

方梦渔只得回报馆去，从旧历年初见芳霞那天，直到今日，他才算把芳霞的家庭、环境，完全地知悉了，这个谜才算是打破了，好沉重、好凄苦的一个哑谜呀！这反映着一个破落的家庭和一个艰险的社会，女人总是可怜的，而芳霞也恐怕无可救药了，她就像是掉在淤泥里的一朵鲜花，已经玷污了，同时又无力自拔。

痛苦压着他的心，总不能够释去。回到报馆后，他又在房里看见了那只折断了的马鞭，心中更惋惜，并且更生气，把那张大名片也扯碎了扔在字纸篓里。他就在报馆专等着，等那“贾大哥儿”找他来，最好是连那“贾大人”也来！别管是大名片的儿子，还是大名片，他一律准备着应付，方梦渔就这样，抱着一种仿佛侠士似的勇敢的心情。

又过了三天，贾大哥儿并没来找他，他倒觉着很失望，想要设法把芳霞忘掉，可是痛苦地就是忘不了。怎能忘她那健美的身体与秀丽的容颜啊？怎能不思她那妩媚的神态与柔润的言语啊？何处重寻她那表演的技艺与卓绝的天才呀……方梦渔每天无论是在发着稿子，或是吃着饭喝着茶，或是与人闲谈着，独自闷坐着，甚至是睡觉做梦，他总是忘不了，释不开芳霞的丽影和她不幸的遭遇，他就仿佛得了病一样。

说到他的病，伤风虽已好了，可是咳嗽依然。他是看过几本医学书的，很疑惑这样的长期咳嗽，怕是肺病的征兆。因此他可真有点慌了，就到了一家私人开设的医院去检查。但，这家医院也没有“爱克司”光的设备，医师只给他听了听，也没断定是不是，只嘱咐他应当好好地休养，并须寻求精神上的愉快。他本来没把死当作一回事，只怕的是久病缠绵，异乡游子，孤身一个，得了肺病可真糟心！他又想：假定我真是得了肺病，那趁着没死，我更得多做点事了，我更得想法去帮助魏芳霞。

这时候是下午三点多钟，他回到报馆门前，忽然看见有两辆很漂亮的洋车；这是“包车”，不知是谁自用的，虽比不上“汽车阶级”，可也必是两个有钱的人。他还以为是找社长的，但是才一进门，排字房的小徒弟正往外走，见了他就说：“方先生！有两个大姑娘来找你，都在你的屋里了！”

他倒觉得很诧异，心说：这是谁找我，难道是芳霞？难道是芳霞跟那个贾大哥儿？

他忙忙地走到屋里，一看，确实有两位打扮得又阔又漂亮的年轻女客，见了他来，就一齐笑着说：“方先生可回来了，我们等了您半天啦！”他这才看明白了，一个身材较高，而显得有点胖了的是小碧芬，另一个娇小玲珑的，原来是绮艳花。他就说：“啊！你回来了？”绮艳花笑着说：“昨儿早车我就回来啦，今儿我是特来给方先生道谢！”方梦渔说：“哪里的话？”

看了看自己那张写字桌上，放着两样礼物，大概都是绮艳花从上海带来的食品，还有一张请客的红帖子，印着金色的双喜字。绮艳花笑着说：“我们两人是一块儿来的，可是目的不同，我是来给您道谢……”

方梦渔说：“您何必这样客气呢？”

绮艳花指着小碧芬说：“她是来特意请您，因为她在后天就要结婚了。”

方梦渔又赶紧向小碧芬说：“恭喜！恭喜！”小碧芬脸微微地红，笑着说：“后天您可千万赏脸，千万去，我不能够再自己来请您了！”方梦渔点头说：“是的，是的，后天我一定去给你贺喜。”他喊人给沏来茶，又掏出他的劣等烟卷来，让绮艳花，绮艳花摇头说：“不会抽。”让小碧芬，小碧芬倒接过来，点着吸了。

方梦渔自己坐在床边，小碧芬坐在那把椅子上，绮艳花却坐着一个方凳。方梦渔的这间屋，尤其近几日，一点也没有收拾，又乱又脏，凭空的忽然来了两位女宾，而且都是有名的坤伶，花枝招展，香气四溢的，他倒感觉很不安。他就想着：自己对这两个人并没有什么交情或是好处，难得她们对我这样的敬重。小碧芬已经息影歌台，行将做巨商的太太了，绮艳花就仿佛是才从别处镀了金回来，她们两个都是幸福的，自由的……咳！他不禁凄然地又想起了魏芳霞。

他先问绮艳花说：“这次在上海，成绩很好吧？”

绮艳花愁眉不展地说：“别提啦！上海的钱真不容易挣。幸亏有您给我介绍了两位先生，关照着我，人家真热心，处处帮我忙，要不然，可真跌了跟头了！也许是我唱得不好，简直不叫座儿，好容易才算把戏唱完。我又住了几天，因为我回来真觉着没有脸，戏饭不容易吃，弄得我很灰心！您给我介绍的那位朋友，张先生，人家还送我到北站，嘱咐我到了秋天再去。我呀，我心说：有了钱来玩玩倒可以，唱戏我可够了！”

小碧芬说：“我劝你也不必唱戏啦！也快结婚吧！你要什么样儿的？告诉我，我给你去找。”

绮艳花脸微微地红，说：“放屁！你不用给我胡出主意！我不唱戏，不会一个人儿在家里待着吗？爱怎么玩就怎么玩，谁能都像你，马上不唱戏，马上就结婚？”她们两人竟斗起口齿来了。

方梦渔是急于想跟绮艳花打听芳霞的近况，可是竟没法子引起来那话题，倒是小碧芬先向他问：“怎么样啦方先生？我那些戏衣行头，魏芳霞还要不要啦？她到底还打算唱不唱，您也没去替我问问？”

方梦渔被勾起愁来，说：“我也没见着她，她也不见我。你的这事，还是托绮艳花给办吧！她们是表姊妹。”

绮艳花说：“真的！你们不提魏芳霞，我也不敢提她，因为我怕提起来叫方先生听了伤心。我走了这么些日子，没想到，‘霞美卿’忽然闹得大名鼎鼎啦！昨儿就有人到我家里，说她唱得简直别提有多么好啦！她唱过了，别的人以后简直就都不能唱啦！还听说她是方先生一手给提拔起来的，我干爹冯亦禅倒不过是跟着打锣。现在谁不知道啊？谁不想还听听‘霞美卿’呀？我可真佩服她！她背着我学旦、走票、联络内行，找了个给使劲儿的，给捧场的，我没走的时候，真一点也不知道。我还佩服方先生真有本事，说提拔起来谁，就提拔起来谁，这次您要是在上海，我就是唱得再坏一点，也不能这么就回来；我的时运背，芳霞她有人缘儿。可是我也很感谢您，您是等我走了才叫她唱的，这是给我留着很大的面子啦!”

小碧芬笑着瞧瞧她，又瞧瞧方梦渔。

方梦渔便不禁有些生气，说：“关于这些事，别人对我如若还有什么误会，我也听之！我这个人对谁都是热心的，不单对芳霞。不过我也不否认，我对芳霞是特别的同情，因为她的环境比谁都不幸！咳，也不必说了！她的事情你们都知道，你们一个是她的表姊，一个与她素日也不错，那么我希望你们对她也应当特别的同情、援助。我是已经没有办法了，因为她的家里我不能够去，我去了，她大概也未必肯见我。”

小碧芬笑着说：“我想她就是死了，心里也绝忘不了方先生!”

方梦渔说：“我倒不希望她这样，我只希望她能有好的环境，有自由和前途，跟你们两个人一样。”

绮艳花一听几乎要站起来，她说：“哎哟！方先生可别拿我跟她比，我连万分之一也比不上她呀！唱的不说，人家才唱了两晚晌半，比我唱了十年还红得多。论环境，我连那辆包车都快坐不起啦，人家是汽车已经坐上啦……”

小碧芬瞪着她说：“你说的这是什么话？”绮艳花说：“什么话？是真话！我看你，别看你后天结婚，你就是过几年再结一回婚，也比不了人家!”

小碧芬说：“啐！你看你，人家方先生替你表妹发愁，你倒拿你表妹开心，一点没有义气，醋劲儿这么大。干脆你叫方先生也把你捧起来吧！你表妹嫁不了方先生，你就快嫁方先生吧!”

方梦渔简直有点坐不住了，他不愿意看这“两雌’斗嘴。小碧芬倒是口快心直，绮艳花这时候已羞得说不出话来。方梦渔连笑也不能笑了，他只装作没有听见，仍然叹息着，说：“我知道芳霞，她必不甘心于她那环境，然而她没有自拔的勇气，非得谁去帮助帮助她，才行!”

绮艳花忽然看着方梦渔，说："您不是跟赛筱楼都已经商量好了主意，要帮助她吗？"

小碧芬赶紧问："什么主意？什么主意？快点告诉我！"

方梦渔却对着绮艳花说："这么说，你是已经见着芳霞了？我们前些日子的事，你是完全知道了？"

绮艳花一笑，仿佛是一种讥笑。

小碧芬又大声问："前些日子是什么事？商量的是什么主意？快告诉我！"

方梦渔却仍然对着绮艳花说："我这个人做了什么事都承认，那个主意，却是赛筱楼给出的。我当时虽认为荒唐可笑，可是为了帮助芳霞脱离那环境，我不能够拘小节；那也不过是说说，赛筱楼白去碰了一个钉子。即使那时候都无问题，我取得了一种能够到她的家里说话和干涉的权利，救她离开那个贾大哥儿，以后她是不是真愿意履行，那还都凭她的自愿。"

小碧芬急了，又跺脚着急地问说："到底是什么事呀？这还用瞒着人吗？"绮艳花赶过去扒在她的耳边，悄声儿跟她说了半天，她听了不住地笑，又说："这也是个好主意呀！本来，方先生要是芳霞的未婚夫，那就有权不叫姓贾的进门！"

方梦渔又解释着说："这不过是救出芳霞来的一种计策。"

绮艳花向着他"哼"了一声，说："什么计吧？'乌盆计'！告诉您吧，我可也不是往您的头上浇凉水，您就不用想啦！还救人家呀，人家让您救吗？人家跟您出来，上您这间破屋子来吗？人家跟贾大哥儿真是情投意合的，昨天晚上两人还一块看电影呢！您是多此一举，您真是'戏台底下掉眼泪——为人家伤什么心？'"

说得方梦渔又没有话说了，然而待了一会，他忽又愤愤地连连摇头说："不对！不对！你虽是她的表姊，然而你绝不知道她！我就绝不能信！姓贾的不过是一个粗俗不堪，穷凶极恶，有着好几个外家的一个恶少……"

绮艳花说："可是人家有钱哪！"

方梦渔摇头说："他自己也不见得有什么钱，即使有钱，也不见得为芳霞肯多花。"

绮艳花说："人家又有势利呀！"方梦渔又摇头说："连他的爸爸，我看也不配称为有什么势力！"

绮艳花说："芳霞喜欢他，'霸王'长得多么难看？'虞姬'还喜欢'霸王'呢！"

方梦渔又摇头说："我绝不能够信。"

绮艳花说："信不信由您！"

小碧芬猛地把绮艳花一推，说："得啦！你别在这儿气方先生啦！冲你这次上上海，方先生为你给朋友写了几封信，你就不该对方先生没有良心！你看把方先生气成什么样儿啦？本来这些日子方先生为芳霞，病就没有好……咱们这么说吧！也是得替芳霞想一个法子，都怪好的。她就真是自己乐意，咱们也得拦住她，不能再叫她不黑不白地跟着那姓贾的。"

方梦渔点头说："这是对的，我就是这个意思。我要救她脱离那姓贾的，是为恢复她的人格，并不是就为叫她跟我结婚，我是希望她将来还是能够唱戏的，能够成名的。"

小碧芬说："我也是，我那些件戏衣反正都用不着了，一文不值半文的，要都卖了也舍不得！芳霞她又都穿着正合适。"

绮艳花忽然说："那你们说吧！我要走啦！"

小碧芬却把她揪住，说："咱们还没给芳霞想出好办法来啦，你走了还行？"又向方梦渔说："芳霞跟我虽早先就认识，可是从打这次她要买我的戏衣，借我的首饰，我们才近乎的。她跟我说方先生好，不止说了一回，要说她喜欢姓贾的，不愿跟方先生好，连我也不信。因为我问过她，我说：'方先生对你这样的好，假如他要进一步……他要娶你，你怎么样？'她流着眼泪对我点过头。"方梦渔听了，不禁心里一阵发酸，眼泪也要流出来，绮艳花也怔了。

小碧芬又说："方先生！我看您是把机会错过云了，要是在芳霞还没登台正筹备的时候，那时也不是一天两天呀！您要是在那时候跟芬霞表示一下，她一定就跟您订婚结婚了，住在一块儿以后再登台。贾大哥儿回来，他就是有势力吧，他也得先打听打听您是干什么的，他能够一下就把芳霞又抢了去吗？”

方梦渔发着怔，心里无限地懊悔，回想芳霞以往确实有过一点表示，人家是女人，还能够怎样的明说呀？他就想：所以过错还在我，我是太因循而又犹疑，还有那么一个“怕掉在爱河里”的谬误观念！如今事情自然很难挽回了，可是我也不能够眼看着她给那贾大哥儿当外家，同时还受虐待呀？她原是一个落伍的坤武生，我尚且能帮助她重登舞台，而博得了盛誉，如今我也绝不甘心眼看着她就这样地堕落了，这样地湮没了！于是，他就“咳”的长叹了一声，说：“过去的事情，也都不必再提了，我只是发愁她的将来……”

绮艳花“哼”了一声，说：“我劝您还是不必为人家的将来发愁了，顾顾您自己吧，您要是急着娶太太，我可以给您介绍！”

方梦渔摇头说：“不！我根本没有跟她结婚的意图，我只是可惜她那个人！”

小碧芬说：“不用再说了！我现在想起来一个主意，后天我结婚，方先生当然要去给捧捧场啦？”

方梦渔点头：“我一定去喝喜酒。”

小碧芬说：“我想也给芳霞去下个帖子！她自然不能够不去啦，她的那个贾大哥儿当然也不能够跟着她去啦。那么，到了那天，方先生跟她在我们那喜堂里见个面，您问一问她，到底是个什么主意？您索性公开跟她说，她要是甘心愿意跟那贾大哥儿呢，那咱们还管什么管？以后我也不再认识她了。可是她若真是有什么难处，被迫无法，咱们可以再给她想主意，将来我的先生也能帮忙……”她又说，“这件事情，我派艳花去！什么帖子不帖子的，你去说我请她，后天叫她先到我家里去，我还许叫她当伴娘呢！”

绮艳花赶忙又躲在一边，摇着手说：“我不管！我不管！我可真不管！这个差使别派我……”

小碧芬说：“冲着方先生，你也得管！凭什么你到上海，人家帮你的忙，现在你就不帮人一点忙?”

绮艳花说：“因为那贾大哥儿天天在她那儿腻……”

小碧芬说：“你怕贾大哥儿见了你，看上你，也把你收下呀?”

绮艳花说：“你放屁！我才不怕那贾大哥儿呢！我去了，他敢多看我一眼?”

小碧芬说：“那你不去，就是你心里有愧。”

绮艳花脸都红了，说：“你不用激我！我呀，我去也行，可是你分派我不行，得方先生自己求我。”

小碧芬说：“你看你这臭摆!”又向方梦渔说：“方先生您就求她一求！方先生您就当张君瑞，她当红娘，您求她给那位叫贾大哥儿占住的莺莺小姐去送一个信儿!”

方梦渔真觉着难为情，只好说：“好！我就求绮小姐啦!”

绮艳花更脸红了，点头说：“好啦！我冲方先生的面子，待会儿我就去找她，哪怕我拼出去跟那贾大哥儿打一个架呢，反正我准把这话传到；可是到了时候她去不去，那我是概不负责。”小碧芬说：“这就行啦！咱们走吧!”

于是这两位名坤伶一同要走，方梦渔往外送，还向小碧芬说：“后天我一定去给贺喜!”

小碧芬说：“您给我贺喜不白贺，后天您跟她见了面，说不定过几天，我们还得给您贺喜呢!”方梦渔连笑也笑不出，因为心里感觉到的滋味是苦的。

小碧芬和绮艳花走后，方梦渔最惦记的是绮艳花，恨不得她跟芳霞见了面，赶快来一个电话才好。可是直到睡觉的时候，她也没来电话，真是不知道结果如何，也许她不给尽心去办吧?

到了第二天，方梦渔就买了一对镶在玻璃里的五色丝绣的镜屏，叫人给小碧芬的家里送了去。他又理了理发，预备明天去贺那名坤伶的新婚。他不抱着跟芳霞见面的希望，认为绮艳花一定是嫉妒心重，她哪能够希望魏芳霞好啊？魏芳霞要是再唱了戏，不是还得把她压下去吗？所以，对她给办的事，不必期望了，心想：反正明天我到小碧芬结婚的那地方，去一趟就是了。我等着芳霞，直等到散席，她要是再不去，那就算了！世界上的事原有做得到的，可也有无法做得到的。

然而，若是她真去了，应当怎样办呢？一想到这里，心里可不由得又一阵紧张、发急、幻想、惆怅，种种的情绪立时又都搅起来，真弄得他食不知味，睡不安寝。

一夜咳嗽，有时想到身体，却又心灰意冷。

第十回　强就欢筵心伤成别语
遂惊惨变歌断剪青丝

到了小碧芬结婚的这一天了。这是一个晴和的天气，空中飘荡着柳絮。方梦渔换上了洋服，把皮鞋还擦了擦，赶忙发完了稿子，才不过上午十一点多钟，他就去了。

小碧芬结婚的礼堂设在宴华楼，这是当然的，因为今天的新郎，就是这家规模豪华的中餐馆的主人。方梦渔来到这里一看，男客女客已经不少，大多是金融界的、商界的，和政界的，也有新闻界的，可见小碧芬的新郎交际甚广。他是一个大胖子，年纪有四十多了，穿着大礼服，人是十分的和蔼。有新闻界的朋友给方梦渔介绍，这位新郎就伸着胖手来跟他紧紧地握着，说："方先生我是久仰啦！碧芬几乎天天跟我说，怎么，尊夫人今天不来吗？"方梦渔一听，小碧芬跟他天天说，或许是真的，可是他一定没有一次是听明白了，要不，怎会以为我是有夫人呢？可是这时也不必辩解，他只说："没有！没有！"新郎请他落座，就又招呼别的客人去了。

客人是不断地来，女客仿佛比男客更多。可是，不用说魏芳霞没有来，连绮艳花也没有看见。这倒不必多疑芳霞和绮艳花，今天就是来，也一定跟随新娘一块儿来，因为她们原本是坤伶中的鼎足三杰。然而完了，都完了，小碧芬今天就"名花有主"，绮艳花自上海是"铩羽而归"，芳霞是"佳人已属沙吒利"！

他真难受，坐在这舒适的沙发上，竟像坐针毡一般。他东瞧瞧，西望望，加倍的感慨丛生：这个地方不就是自己做东道，为魏芳霞大请客的那地方吗？这才多少日，事情竟变化得这样迅速、剧烈，叫人想不到。跟女人接近总是危险的，然而男子总难免要与女人接近，不然，今天这里为什么要结婚？这些个女客，有的是已经结了婚的，有的大概不久也得结婚，结婚是形式，事实就是男女接近。我跟魏芬霞稍微接近了一点，人家就说我们要结婚，结果她叫贾大哥儿抢了去；贾大哥儿虽结过婚，可是另外还要跟她以不结婚而“结婚”，她也就这么马马虎虎的，没结婚也等于是跟人结了婚。这“结婚”，其中有多少骗局？多少暴虐？男人造成了多少罪恶，女人走入了堕落的途径……

他这样地想着，更气得不住地喘气，他简直是要发疯了。

但是待了会儿，婚礼就开始了，慢慢地进行，彩汽车先是把新郎送走，过了一个钟头，乐队、彩汽车又把新郎，连同众宾客所企望的新娘都载来了。下了车了，就有人把那些个红的、绿的、黄的、紫的各色的纸屑，还有什么绿豆、高粱等等，都足往他们身上，尤其是新娘的身上没头盖脸地一扬，就像是报复，仿佛是说，同样是个人，为什么你们俩这样地得意？男的妒忌新郎，女的大概是更妒忌新娘，欢呼声与乐队的乐器之声，沸腾了起来。这一刹那间，世界上仿佛都没有愁事了，新郎弥勒佛似的眯眯笑着，新娘比在戏台上更出足了风头。

在此时，方梦渔忽然看见了绮艳花，她大概是坐另一辆汽车，跟新娘一块儿来的。她也穿着旗袍，可不是“伴娘”，她急急慌慌，东瞧西看的，仿佛在找什么。方梦渔一站起来，她就好像当时找着了她的目的物，赶紧过来说：“方先生！”拉着方梦渔就走。出了这个礼堂，到了另一个挂着白布帘的房间，绮艳花就拉着方梦渔走进了这房间来，原来，芳霞就在这里了。

芳霞！这真是魏芳霞！艺名叫“霞美卿”的魏芳霞！她现在穿着浅绿色的最摩登的衣裳，头发似乎重新烫过，至少也是经过了高等理发师的一番整理。她的首饰也戴得很多，珠光宝气的，这都像是新置的。她穿的鞋，向来也没见过她有这么一双颜色好式样新的、华贵的鞋呀，桌上还扔着一个新式的大皮包。她的手指甲染得又红又亮，嘴唇也是红得那么刺眼；她的眉毛也是画的，是柳叶眉，睫毛不知是用了什么方法，一根一根的都竖起来，围着眼边，好像西洋人。她的身体因为旗袍做得合适，显得更健美……

方梦渔这么一见了她，倒感觉着无话可说了。她轻轻地叫了声："方先生。"勉强地带着点妩媚的笑容。绮艳花是急着要去看那边的热闹，却又像不放心他们两个人，而他们两个人见了面，确实也无法说话。待了半天，绮艳花就说："你们为什么不说话呀？得啦！我叫你们说话吧！我上那边看去啦！"她扭身就出去了。

这屋里有几个凳儿，方梦渔跟芳霞每人坐一个凳儿，相离着约有二米，方梦渔先问："现在你究竟是打算怎么样呢？"

这句话似乎勾起芳霞的伤心来了，她的脸一红，然而她还矜持着，微微地笑说："我还能有什么打算呢？我就这个样儿了。"

方梦渔似乎责备地说："你早就应当对我实说，早先我屡次问你的家庭环境，你是始终也不肯吐露一个字！"

芬霞摆手说："得啦！算了吧！您还提早先的那些事干什么呀？"方梦渔说："那也并不算太早先，那不过是上月的事。"芳霞说："我可觉着像是过了好多年啦！"

方梦渔说："人的生活受了压制，就苦闷，就显得日子过得长！"

芳霞说："您别再抱怨我啦！反正错处都在我一个人，不就完了吗？"方梦渔摇头说："你并没有一点错，你有天才想发展，你环境不好想挣扎，都是对的。"芳霞说："对？可就是都错啦！我这两天常想，根本我就是不该学旦，不该清唱，更不该妄想扒高又登台，尤其不该认识您！"

方梦渔怔了怔，说："这话我不明白！我认为你学旦、清唱、登台，一切都是应该的。"

芳霞说：“我可早就知道环境不能允许。”

方梦渔说：“你的环境之中，不过有一个贾大哥儿，难道……难道你怕他？”

芳霞点头说：“对啦！您说对啦！我真是怕他！”方梦渔愤愤地问说：“为什么呀？”芳霞说：“为的事情很多，您不必细打听……”说着她的眼睛忍不住就潮湿起来了。

方梦渔说：“这是我必须要打听的，我不认得你便罢，认得了你，又多少有些关系，就得打听打听，你到底为什么怕他？”

芳霞说：“他有势力，我当然得怕他。”方梦渔说：“可是我不怕！”芳霞说：“您不怕是您的事，我怕是我的事。”

方梦渔说：“你到底有什么事怕他呀？怕他的势力？他也未见得有多么大势力；怕他的钱？看他也没给你多少钱，怕他可干什么？”

芳霞说：“我怕他去打您！我怕他打死您！因为他真打死过别人，就必定也能打死您。我还怕他……真的，方先生您对我那么好……”说到这里，她的睫毛上已挂满了泪珠。她又抽泣着说：“您是世界上找不出来的好人！您穷，还要帮助我。我跟您并不认识，您就对我那么热心，您热心又不是有别的用意的，您竟……倘若您真是为我死了，我对不住您……”

方梦渔哈哈地笑，说：“叫你说的！”芳霞拭着泪说：“真的！他说得到就能做得到，这些日子幸亏我拦着他，替您解释着。”

方梦渔说：“宁可我为你牺牲！我牺牲的不过是一条性命，你要牺牲，可牺牲的是整个的灵魂。”

芳霞说：“他也不是没有灵魂的人。”

方梦渔说：“什么？似他那样的人还有灵魂？他是魔鬼，魔鬼只是专门吞噬别人的灵魂的。”

芳霞摇摇头，正色地说：“不！他也有他的长处，这次他回来，他的行为也比早先好得多啦。方先生您要明白，一个女的跟了一个男的，很少是盲目的，也没有什么被迫的，总是她自己也有点乐意。”

方梦渔又发了怔，头上就像浇下了一盆冷水。

芳霞擦了擦眼泪，她拿过来皮包，取出里边的粉盒。又悄声地说："方先生您不知道，我跟他已经有了一年的关系了，也有过感情。去年他走，上河南去了，他好玩，叫我给他买空竹，我还特意跑到厂甸给他买了一个空竹，用邮政寄去的。不过我有一样不好，总觉着他忽略了我唱戏的本事。我因为唱武生落了伍，不服气，心里永远别扭着，所以趁着他走啦，我就偷偷地改学唱旦、走票、清唱；也没想到遇见了方先生，弄假成真，真叫我登了台。我很对不起方先生，我登台唱旦，实在是只为赌一口气，什么前途，您说的那些话，我根本没有多想。我还有一样不好，现在我才告诉您，就是我真爱过您，我有些日子夜夜梦见您。这也都不用再说啦，是过去的事啦，幸亏我跟您认识的日子还短，您又是一位正派的人，要不然，可真麻烦啦!"

方梦渔对她这些话，完全没有想到，现在才完全地明白了，然而，这个当上得有多么大呀！这个女子，虽说她有什么天才和美貌，然而灵魂是多么空虚呀！他于是就愤愤地说："好啦！我都明白啦！今天你肯来，就是为见着我，跟我说这些话，我很感谢你。你很坦白，你叫我今天还能够明白明白，虽然我觉着你叫我明白得太晚了！但也没有关系，这不能怪你，怪我当初的幻想太多。可是直到现在，我还是幻想着，过去我认识的是那个霞美卿，并不是现在的你，你现在是有钱有势的贾大哥儿的……不过，你也应当明白……我不是妒忌，更不是留恋，也不是故意叫你听了心里难受；你应当明白，你现在是他的姨太太呀！固然，有一些女人只要嫁了男人，正式结婚不正式结婚也都无所谓，但，我替你这聪明人实在有点惋惜，对你的前途也很悲观!"

芳霞又流着泪，跺脚说："这我没有法子！我已经走到这一步了，我真没有法子！我即使能再唱戏，也不是个长局，哪个女的唱戏能唱长啦？哪个女的唱戏在外边不得受气？我母亲年纪大了，爸爸是个瘫子，我为我父母，也不能再顾我自己；何况贾大哥儿比您还年轻，他家里的太太跟他又没有什么感情，他近来事由儿也不错。

他把我的事，跟他父母都说开了：我们家里，连我瞎大舅，以后都由他养活。我就是牺牲我吧，这不是也值吗？您的意思是非得叫我把这些都闹塌了台，闹得全翻了，成了仇人，他去把您打死，何必呢？事情还是不出麻烦好。我是已经这样啦，谁叫我早先跟了他？再闹翻了，我也不能算是清白；我再唱戏，唱得再红，也没有什么脸，您说是不是？不必您说，我都明白，我应当有我自己的人格，我应当发挥我的天才，争取我的出路。我不但明白，我还真这么打算过，并且做过。可是现在我一细想，不行！不如我这样儿好，人是该当怎么样都是命。所以绮艳花一找我，我想了半天，我知道跟您一说，您一定伤心，我在您的眼睛里一个钱也不值啦，可是我又不能不来，我不忍得叫您永远当傻子……得啦，我都说开啦！还有两句话，我得托付您：我表姊绮艳花比我好，她嘴厉害，心眼比我实诚，她并且非常喜欢您……"

方梦渔听到这里倒笑了，说："你不必弄这李代桃僵的把戏啦！也不必再拉上别人来弥补你心里对我的歉意啦！实在说，我们不过是普通的朋友，谁也没亏负谁，以后各人走各人的路，不过我还是希望你能够好，同时希望绮艳花也好。"

芳霞说："她还不如我！我现在倒是，好吧歹吧，总算有了个着落啦。她却自这次从上海回来，不但没有戏院再约，简直就没有人打听她，没有人提她，仿佛这一次她到上海没有唱好，连以前的名声都跟着完了。戏饭真难吃，叫人灰心得很！她目前的生活虽不至于成问题，可是年纪也不小啦，再红也红不了两三年啦，将来结婚的事，更没有把握。您想：我们都浮华惯了，受穷又受不了穷，可一个真正有固定收入的，人再好一点，当他要跟一个女伶结婚的时候，他怎能不多方地考虑？捧角的那些人，哪个靠得住？谁像您这么热心，并且知道女唱戏的内心的痛苦？所以我想以后您应当对我表姊注意些，把栽培我的那番热心去栽培栽培她，对她也加一些安慰。这是将来的话啦，她很崇拜您，那么将来您要是也觉着她好呢，不妨感情往深处走一走，我相信她还是配做您的太太。"

方梦渔苦笑着，说：“你托付我给绮艳花帮忙，这我一定尽心尽力，而且在过去，我也不是只帮你而不帮她。至于淡到爱情跟结婚，爽直地说，你跟我最热烈的时候，我都没有那样想过，何况别人？不过以后遇着我有较好的朋友，我可以给她介绍。”

芳霞把头低了一会儿，又说：“现在的事情我也都说完了，并且刚才我们在小碧芬的家里，连绮艳花也在旁边，我们都说得很透彻，彼此已经了解。您以前借给我的那钱，都做了戏衣，还有我在大戏院批的那两天半的账，都在小碧芬的手里存着了。我也不敢原数还给您，因为我知道您的脾气……”

方梦渔摆手说：“那钱的事不要再提，我绝不能再收回来一个！你当然这时也不需要，那么你随便用你们谁的名义，捐助给慈善机构好了。”

芳霞说：“我想是这样，送给我师傅陈神仙一点，再送给我师哥赛筱楼一点，给他那小买卖添点本儿。还有冯亦禅先生，我们都知道他，光凭着写稿子实在维持不住生活，下半年他还要聘女儿，也没有妆奁。他从去年就想办一份戏剧日报，可是招不着股……”

方梦渔点头说：“正好！把大部分的钱都拨给他吧，还有你的瞎大舅，也应当帮助他点儿。这些事你跟绮艳花商量着办好了，不必问我，我本来是向我表兄骗来的钱，我不愿听人再提了。”

芳霞说：“好啦，我就不提啦。可是我看您今天还直咳嗽，您的身体可怎么办？”方梦渔摇头说：“一点也没关系。”芳霞跺着脚，又簌簌地流下泪来，说：“虽说没关系，可是我心里永远也忘不了您！我身体跟着姓贾的，精神得一辈子跟着您！方先生，我恨我们为什么不在我没认识姓贾的时候见面，我恨，我得永远恨我，方先生……”她忽然悲哽得说不出话来。

这时候绮艳花又跑来了，看见芳霞这种情形，她一点也没觉着诧异，只催着说：“快去吧！人家那边请你们啦！礼都行完了，现在就入席啦！”方梦渔站起来就先走了，芳霞大概是又跟绮艳花谈了一会，重擦好了遮掩泪痕的胭脂和粉，这才也过去。

在礼堂里，众多的女宾之中，方梦渔依然感觉到芳霞是最美丽的，然而她又是最……他暗暗地叹着气，又想：不必再责备她啦！

宴毕，大家又举行了一次“余兴”，先逼着新娘小碧芬唱完一段《凤还巢》，又唱了一段《梅玉配》，绮艳花接着唱了一段《鸳鸯冢》跟《虹霓关》。最后才有人发现了霞美卿——魏芳霞，烦她唱“别姬”，她不唱；又烦她唱《生死恨》，她更不唱。她自愿唱一段武生的戏《薛礼叹月》，就由绮艳花的哥哥拉着胡琴，她倒背着身子，脸对着墙，高亢地唱着“二黄导板”：“山神庙，困英雄，含悲忍泪……”苍凉慷慨。接着又唱“摇板”：“何日里，拨云雾……哪啊……才见青天哪！啊……”方梦渔听了几乎要哭出来，他实在不能再在这种空气之中待着了，他就一跺脚，走出了礼堂。

他想要回报馆，去扯碎魏芳霞所有的相片，去把那根折断的马鞭扔到大海里……可惜北平没有海，那么就寄还给魏芳霞，叫她记住贾大哥儿对她的“恩爱”！

他愤然地往外走，身后绮艳花就追了出来，叫着：“方先生，你别走啊！”他却连头也不回，走得更快。

但是还没有走出几步，却突然被一个人把他拦住了。这人有二十来岁，穿着新西服上身、马靴，一张黑中透紫的像是喝醉了酒的脸，向他问说：“魏芳霞来了没有？你叫她出来……”

方梦渔倒不由得一怔，这真是没有想到的事。后边的绮艳花更着急了，又叫着：“方先生快回来吧！”这个人就把方梦渔注意地一看，点头说：“喂！你就是姓方的呀？”方梦渔明白了，当时十分地镇定，说：“你当然是姓贾啦？”

贾大哥儿说：“你知道我就行，你快把芳霞叫出来！咱们别在人家办喜事的地方闹事。我早就要找你去，可还没到时候。”又瞪着眼说：“绮艳花！你快把芳霞叫出来！可别等着我进去抓她……”

方梦渔抡着胳臂愤愤地说：“不要叫她出来，我看他能够怎么样？我就不信这世界难道是一个强盗的世界……他对于魏芳霞有什么权利……”

贾大哥儿说："她跟我同居，你他妈的管不着！她是我的女人。你……我早就知道你引诱她，叫她唱戏……"方梦渔狂笑着说："她本来就是唱戏的！唱戏是一种职业，也是一种艺术，还用我引诱她吗？我要发掘出来一个艺术天才！你只是与她有同居的关系，可没有过问的权利……""吧"的一声，一个嘴巴已经打在方梦渔的脸上。

但方梦渔绝不服气，他仍大声喊着："你不可这样的野蛮！流氓……"他不顾自己的病弱身子，也回手去打。贾大哥儿说："妈的，你敢决斗？"方梦渔说："说走就走！"

这时就乱起来了，饭庄的茶房也过来劝。绮艳花尖声地叫着："哎哟！贾大哥儿打方先生啦！"又喊着"哎哟！他拿出枪来了！"她连跳带喊的，跑回礼堂去叫人，把一些正在缠着让新娘唱一段什么的那些人，都吓慌了。芳霞的脸色立时变得惨白，男客女客之中有胆大的就往外跑着去看。绮艳花站在礼堂门口向外看着，又向里面紧紧地招手，更急声地喊叫："芳霞！你快出来给劝一劝吧……"

芳霞本是难为情，但此时她也不得不跑出来，可是在这时候，就听得"砰""砰"，枪声响了。人都更慌了，绮艳花更加尖声地叫着，还有方梦渔微弱的声音说："我受伤了！别叫他跑了……"这时就听见饭庄门外"呜"的一声，有一辆汽车开走了。

这件事情，当天的晚报上就登出了新闻：

……凶手贾某已逃匿无踪，方梦渔胸部和腿上各中一弹已送医院救治，闻生命颇有危险云。

在医院里，方梦渔经过了一番救治，他被施用了麻药，也许还有什么地方开了刀。他受了弹伤的腿，好像没在自己的身上，全身也都好像没有什么知觉，只是脑子里感到十分地痛苦；像是做着梦似的，眼前出现了许多幻景，和他幼年时候的种种事情……仿佛有许多人都在称赞他作的文章，又仿佛魏芳霞隐隐地在他眼前，正在扮戏，扮的是《霸王别姬》……出了台啦，一些人都在议论：呵！是那么好啊！原来称赞她好的那些人，就是称赞他文章的那些读者……

他略有一阵清醒，已不知道天色是什么时候了，更不知是今天，或已是明日了？不过他确实看见了穿着浅绿色衣裳的魏芳霞，和穿着红衣的绮艳花，都忧郁地站在他的床前，每个人的手里都有一块湿透了的手绢。他还想客气地往起来坐，但是不能，他才明白他是受了伤了。死神的黑翅在他的眼前“噗噗”的直动，然而他留恋这个人世，他舍不得眼前这两个聪明而又可怜的美人，他还疑惑着：这许是幻梦？

魏芳霞好像是跪在他的床前了，伏着床边不住地“呜呜”地哭，那柔秀的头发真是可爱。只见她渐渐抬起来泪满睫毛的美丽的眼睛，惨惨凄凄地说：“我对不住方先生！都是我的错！可是现在我也不能跟您说什么啦！只要您的伤能好，您叫我唱戏，我还努力地唱戏；您要愿意跟我结婚，我就跟您结婚……贾大哥儿是跑啦，他不敢再在北平待了，我一点也不爱他，我都是没法子，都是为怕弄成今天这样，怕害了您。我在饭庄里跟您说的那些话，那都不是我的真话！我真的早就想跟您结婚，不过我害怕出麻烦，又说不出口来……”她哭得双肩乱颤，声音都模糊了。

绮艳花也擦着眼泪说：“连我那瞎伯父听说了您的事，他都直哭。他给您算了命，说您不过是有点小灾，寿命还有几十年呢！赛筱楼要去捉拿贾大哥儿给您偿……冯先生也要来看您，叫我们给拦住了。现在，我表妹不是都说开了吗？只要您好，我们两人都是您的妹妹，或是……”

方梦渔微笑着说：“我丝毫没有任何的企图，但我感谢你们表姊妹的好意。现在请你们快给上海我的表哥打电报吧！地点，可以查我的旧信……”绮艳花跟魏芳霞又“呜呜”地痛哭起来。

方梦渔说：“不要这样！人生在这社会，什么事都难免遇见，何况我这是有所为的，我为的是提拔艺术界的人才。世界上若没有了艺术，若抛弃了艺术天才，那是人类之耻。即使我死了，也算是为艺术而牺牲。何况，咱们本就同是天涯沦落人！我能够替你们这些聪明的女孩子受点痛苦，我原很愿意。不要哭吧，以后努力！人生是要挣扎的。艺术就是为美化人生，而戏剧是其中之一，我纵死了，艺术也是永存的。来！我请你们两人合唱一段给我听听。”

于是芳霞也站了起来，跟绮艳花商量了一下，两人都拿手绢又揉了揉眼睛。先由绮艳花唱“二黄三眼”，是：“我这里持剪刀心中不忍，都因是要借它献上殷勤，没奈何伸玉腕忙来……”她向芳霞一努嘴，芳霞就一边抽搐着，用悲歌接唱梅派《太真外传》的“散板”，是：“……剪定，一霎时，珠泪滚，万箭穿心……”她赶紧又唱“二黄散板”，是：“无限忧愁无限恨，一忆君恩一断魂……”

芳霞悲痛得实在不能够再往下唱了，她急忙叫旁边的女护士取来了一把做手术用的小剪子，就蓦地将她新烫的头发剪下来一大绺，痛哭着塞在方梦渔的手里。这时方梦渔已经闭上了眼睛，她们两人全都大声地哭了起来。

过了几天，报纸上像对待要人似的，登上了方梦渔的铜版相片，不过可用粗宽的黑线围着。下角另有一张相片是在车站所摄，名坤伶魏芳霞跟绮艳花，衣襟上全都佩戴着素花，作拭泪之状，有几句记载是：

……此一位热心尚义，名编辑之灵榇，遂由其戚属运往车站，返沪安葬。送行者多新闻界、剧评家及男女名伶，尤以绮艳花珠泪轻弹，而与此事至有关系之霞美卿（即魏芳霞）已泣不成声云云。

北平，厂甸附近有一家照相馆，门前曾挂过“霞美卿”《霸王别姬》的相片，可是到了次年新正，厂甸又热闹的时候，相片早就摘下去了。报上的戏剧广告倒是还登着“绮艳花”，可是也没再怎么唱红。杀方梦渔的那个凶手仍没有就获。

魏芳霞听说是嗓子坏了，模样也瘦了，再唱也不可能。她与姓贾的当然是永绝关系了，她对人说她不再结婚。小碧芬的丈夫给她找了一个事，是在“艺术陈列馆”卖门票，有人看见在那“售票处”的小窗里，有一个穿着蓝布旗袍的，也没有烫发的女职员，那就是她。跟她还往来的只有冯亦禅的出嫁女儿蓉贞，可是没人见过她再进什么“娱乐场所”。

附录一

为《王度庐武侠言情小说集》而作

张赣生

我第一次读度庐先生的作品，是四十多年前刚上中学的时候，做梦也想不到今天为《王度庐武侠言情小说集》写序。

度庐先生是民国通俗小说史上的大作家，他的小说创作以武侠为主，兼及社会、言情，一生著作等身。最为人乐道的，自然首推以《鹤惊昆仑》《宝剑金钗》《剑气珠光》《卧虎藏龙》《铁骑银瓶》构成的系列言情武侠巨著，但他的一些篇幅较小的武侠小说，如《绣带银镖》《洛阳豪客》《紫电青霜》等，也各具诱人的艺术魅力，较之“鹤–铁五部”并不逊色。

度庐先生以描写武侠的爱情悲剧见长。在他之前，武侠小说中涉及婚姻恋爱问题的并不少见，但或作为局部的点缀，或思想陈腐、格调低下，或武侠与爱情两相游离缺少内在联系，均未能做到侠与情浑然一体的境地。度庐先生的贡献正在于他创造了侠情小说的完善形态，他写的武侠不是对武术与侠义的表面描绘，而是使武侠精神化为人物的血液和灵魂；他写的爱情悲剧也不是一般的两情相悦、恶人作梗的俗套，而是从人物的性格中挖掘出深刻的根源，往往是由于长期受武德与侠道熏陶的结果。这种在复杂的背景下，由性格导致的自我毁灭式的武侠爱情悲剧，十分感人。其中包含着作者饱经忧患、洞达世情的深刻人生体验，若真若梦的刀光剑影、爱恨缠绵中，自有天道、人道在，常使人掩卷深思，品味不尽。

度庐先生是一位极富正义感的作家，这在他的社会言情小说中表现得格外鲜明。《风尘四杰》《香山侠女》中天桥艺人的血泪生活，《落絮飘香》《灵魂之锁》中纯真少女的落入陷阱，都是对黑暗社会的控诉，很能引起读者的共鸣。度庐先生自幼生活在北京，熟知当地风土民情，常常在小说中对古都风光作动情的描写，使他的作品更别具一种情趣。

度庐先生是经受过“五四”新文化运动洗礼的人，他内心深处所尊崇的实际上是新文艺小说，因而他本人或许更重视较贴近新文艺风格的言情小说和社会小说创作。但从中国文学史的全局来看，他的武侠言情小说大大超越了前人所达到的水平，而且对后起的港台武侠小说有极深远影响的，是他创造了武侠言情小说的完善形态，在这方面，他是开山立派的一代宗师。几十年来出版的中国现代文学史，无例外地排斥通俗小说，这种偏见不应再继续下去，现在是改写中国现代文学史的时候了。

附录二

已知王度庐小说目录

1926—1937

作品名称	始载时间	连载报刊/署名/备注
半瓶香水	1926.9之前	小小日报/王霄羽
黄色粉笔	1926.9之前	同上
红绫枕	1926.9	小小日报/王霄羽/同年报社出版单行本
残阳碎梦	1926.12	小小日报/王霄羽
侠义夫妻	1927.1	同上
琪花恨	1927.3	同上
孀母孤儿	1927.4	同上
飘泊花	1927.5	同上
红手腕	1927.8	同上
护花铃	1927.8	小小日报/霄羽
青衫剑客	1927.10	小小日报/王霄羽
蝶魂花骨	1928.3	同上
疑真疑假	1928.4	小小日报/ 葆祥
双凤随鸦录	1928.7	小小日报/王霄羽
战地情仇	1929.6	同上
自鸣钟	1930.4	同上
惊人秘柬	1930.4	同上
神獒捉鬼	1930.6	同上
空房怪事	1930.7	同上
绣帘垂	未详	同上
玉藕愁丝	1930.7	小小日报/香波馆主
烟霭纷纷	1930.7	同上
鳌汉海盗	1930.8	小小日报/霄羽
缠命丝	1931.8	小小日报/王霄羽
触目惊心	1931.8	同上
燕燕莺莺	1931.8	小小日报/香波馆主
黄河游侠传	1936.10	平报/霄羽
燕赵悲歌传	1937.4	同上
八侠夺珠记	1937.7	同上

1938—1949

作品名称	起止时间	连载报刊署名	出版时间、出版社/署名
河岳游侠传	1938.6-1938.11	青岛新民报 王度庐	
宝剑金钗记	1938.11-1939.7	青岛新民报 王度庐	1939年青岛新民报社，1948年上海励力出版社（改题《宝剑金钗》）/王度庐
落絮飘香	1939.4-1940.2	青岛新民报 霄羽	1948年上海励力出版社，分为四册：《落絮飘香》《琼楼春情》《朝露相思》《翠陌归人》/王度庐
剑气珠光录	1939.7-1940.4	青岛新民报 王度庐	1941年青岛新民报社，1947年上海励力出版社（改题《剑气珠光》）/王度庐
古城新月	1940.2-1941.4	青岛新民报 霄羽	1949-1950年上海励力出版社，分为四册：《朱门绮梦》《小巷娇梅》《碧海狂涛》《古城新月》/王度庐
舞鹤鸣鸾记	1940.4-1941.3	青岛新民报 王度庐	1941年（？）青岛新民报，1948年（？）上海励力出版社（改题《鹤惊昆仑》）/王度庐
风雨双龙剑	1940.8-1941.5	京报（南京） 王度庐	1941年南京京报社/王度庐，1948年上海育才书局/王度庐
卧虎藏龙传	1941.3-1942.3	青岛新民报 王度庐	1948年上海励力出版社（改题《卧虎藏龙》）/王度庐
海上虹霞	1941.4-1941.8	青岛新民报 霄羽	1949年上海励力出版社，分为二册：《海上虹霞》《灵魂之锁》/王度庐
彩凤银蛇传	1941.5-1942.3	京报（南京） 王度庐	
虞美人	1941.8-1943.10	青岛新民报 霄羽	1949年上海励力出版社，分为数册：《琴岛佳人》《少女飘零》《歌舞芳邻》《暴雨惊鸳》等/王度庐
纤纤剑	1942.3-1942.10	京报（南京） 王度庐	
铁骑银瓶传	1942.3-1944.?	青岛新民报 王度庐	1948年上海励力出版社，改题《铁骑银瓶》/王度庐
舞剑飞花录	1943.1-1944.1	京报（南京） 王度庐	1949年上海励力出版社，改题《洛阳豪客》/王度庐
大漠双鸳谱	1944.1-1944.7	京报（南京） 王度庐	

（接上表）

寒梅曲	1943.10-？	青岛新民报 霄羽	1948年（？）上海励力出版社，分为数册：《暴雨惊鸳》等/王度庐
紫电青霜录	1944-1945	青岛新民报 王度庐	1948年上海励力出版社，改题《紫电青霜》/王度庐
春明小侠	1944.7-1945.4	京报（南京） 王度庐	
琼楼双剑记	1945.4-1945（？）	京报（南京） 王度庐	
锦绣豪雄传	1945.5-？	民民民 王度庐	
紫凤镖	1946.12-1947.7	青岛时报 鲁云	1949年重庆千秋书局/王度庐
太平天国情侠传	1947.5-?	民治报 鲁云	
清末侠客传	1947.4-1948.?	大中报 鲁云	1948年上海励力出版社，分为二册：《绣带银镖》《冷剑凄芳》/王度庐
晚香玉	1947.6-1948.1	青岛时报 绿芜	1948年上海励力出版社，分为二册：《绮市芳葩》《寒波玉蕊》/王度庐
雍正与年羹尧	1947.7-1948.4	青岛时报 鲁云	1948年上海励力出版社，改题《新血滴子》/王度庐
粉墨婵娟	1948.2-1948.7	青岛时报 绿芜	1948年元昌印书馆，分为二册：《粉墨婵娟》《霞梦离魂》/王度庐
风尘四杰	1948.2-？	岛声旬刊 佩侠	1949年上海励力出版社/王度庐
宝刀飞	1948.4-1948.9	青岛时报 鲁云	1948年上海励力出版社/王度庐
燕市侠伶	1948.7-1948.10	青岛时报 绿芜	1948年上海励力出版社/王度庐
金刚玉宝剑	1948.9-1949.2 1949.2-？	青岛公报 联青晚报 王度庐	1949年上海励力出版社/王度庐
香山侠女			1949年上海励力出版社/王度庐
春秋戟			1949年上海励力出版社/王度庐
龙虎铁连环	1948.9-1948.10	军民晚报 王度庐	1949年上海励力出版社/王度庐
玉佩金刀记	1949.1-1949.?	民治报 王度庐	

附录三

王度庐年表

徐斯年 顾迎新

说明:

1.本表曾在《西南大学学报》刊出,此为补订本,包括增补史料及其说明、考证,并订正了个别疏误。

2.本表包含许多新发现的资料,特别是在辽宁省实验中学档案室发现的王度庐档案,从而补正了徐斯年《王度庐评传》的一些误判和部分欠缺。

3.“度庐”实为1938年启用的笔名,为了统一,本表用为表主正名。

4.由于史料不全,历年行状、著述依然详略不一,有待继续挖掘、补充史料。

5.表中所记日期,阳历用阿拉伯数字,清、民国年份及旧历日期用汉字。

6.表中所系年龄均为虚岁。

7.由于旧报缺失严重,所以连载作品肯定不全。表中所录者,始载时间和结束时间多难确认,一般仅记月份,有线索可资考证者在按语中加以说明。

1909年(清宣统元年,己酉) 1岁

正月,清帝爱新觉罗·溥仪改元“宣统”。清廷决定消除“旗”“民”界限,旗人不再享受“俸禄”。是年七月廿九日(9月13日),王度庐生于北京

"后门里"司礼监胡同四号一户下层旗人家庭，原名葆祥（后曾改为葆翔），字霄羽。父亲"在清宫管理车马的机构里当小职员"。家庭成员除父母外还有一位姐姐、一位未嫁的姑母和一位叔祖父。一家六口，全靠父亲薪金维持生计。

按：后门即地安门，后门里位于地安门内，属镶黄旗驻地。司礼监胡同，得名于明代位于该地之司礼太监署；后改称"吉安所左巷"，则得名于清代宫中嫔妃、宫女卒后停尸之"吉祥所"（后改"吉安所"）。毛泽东青年时代曾租寓于本胡同8号。

关于父亲职务的记述引自王度庐手写简历，其父任职机构当系内务府下属之"上驷院"。内务府为管理皇家事务的机构，成员均为满洲上三旗（镶黄、正黄、正白）"从龙包衣"。"包衣"，满语，意为"自家人"，一定语境下也指"奴仆""世仆"。据此，王氏当属编入满洲镶黄旗的"汉姓人"（不同于"汉人""汉军"），这一族群不仅属于"旗族"，而且也被承认为满族。

1912年（民国元年，壬子）　4岁

1月1日孙中山宣誓就任中华民国总统。2月2日，清宣统帝宣告退位。根据清室优待条件，宫内各执事人员照常留用，王度庐父亲依然可以领受部分薪金，家庭生计勉得维持。

1916年（民国五年，丙辰）　8岁

1月，王度庐父亲病故。2月，遗腹弟出生，名葆瑞，字探骊。家境日蹙，主要靠母亲为人缝补浆洗维持生计。

是年2月2日，王度庐夫人李丹荃生于陕西周至。

按：葆瑞出生时间据人民日报社1991年1月3日印发之《谭立同志生平》。葆瑞（即谭立）为遗腹子，由此可知其父当卒于1月份。周至，离西安甚近。

1918年（民国七年，戊午）　10岁

是年王度庐始入私塾读书。曾与姐、弟同染重症，母亲变卖家当为之治

疗，终得转危为安，而家庭经济更加贫困。

1919年（民国八年，己未）　11岁

五四运动爆发。王度庐仍在私塾就读，至1920年。

1921年（民国十年，辛酉）　13岁

是年王度庐入景山高等小学就读，至1924年。

1925年（民国十四年，乙丑）　17岁

是年1月，宋心灯在北京创办《小小》日报（后改《小小日报》），自任社长、主笔。王度庐从景山高等小学毕业，先在精精眼镜店当学徒，后在《平报》和电报局任见习生，可能已经开始向《小小》日报投稿。

按：宋心灯（？—1949），字信生，原籍河北大兴（析津）。新闻专科学校毕业，也是北京早期足球运动和羽毛球运动的发起者之一。《小小》日报即注重刊载体坛信息，后来发展为综合性小报。

又按：辽宁实验中学所存退休人员档案中的王度庐登记表，“文化程度”一栏填为“九年”，当系虚数。

1926年（民国十五年，丙寅）　18岁

是年《小小日报》先后刊载王度庐所撰侦探小说《半瓶香水》《黄色粉笔》和“实事小说”《红绫枕》，均署“王霄羽”。《小小日报》馆印行《红绫枕》单行本，标类改为“惨情小说”。12月，《小小日报》连载社会小说《残阳碎梦》，亦署“王霄羽”。12月24日，《小小日报》刊出宋信生所撰《本报改版宣言》，“将旧有之八小版易为四大版”。

按：由于存报缺失严重，《半瓶香水》《黄色粉笔》未见，不知确切发表时间。因《红绫枕》内文提及它们，故知连载于《红绫枕》之前。由此亦不排除其一已于上年开始见报的可能。又据李丹荃女士回忆，早期作品还有《绣帘垂》《浮白快》两种，均未见。《残阳碎梦》，现存第十次载于是年12月20日，由此推知当始载于12月1日；现存第三十三次载于次年1月21日，末注“（未完）”。

1927年（民国十六年，丁卯） 19岁

是年王度庐始在宽街夜授计民小学任职，先当会计，后任教员，直至1929年。同时继续卖稿和自学，包括到北京大学旁听，往三座门北京图书馆、鼓楼民众图书阅览室阅读。

1月，《小小日报》连载武侠小说《侠义夫妻》，署“王霄羽”。3月，《小小日报》始载社会小说《琪花恨》，署“王霄羽”。4月，《小小日报》连载社会小说《孀母孤儿》，署“王霄羽”。5月，《小小日报》连载社会小说《飘泊花》，署“王霄羽”。 6月，《小小日报》连载侦探小说《红手腕》，署“王霄羽”。 8月，《小小日报》连载侠情小说《护花铃》，署“霄羽”。10月，《小小日报》连载武侠小说《青衫剑客》，署“王霄羽”。

按：《侠义夫妻》，现存第八次载于1月31日，当始载于《残阳碎梦》结束后；连载结束时间当在《琪花很》始载之前。《孀母孤儿》仅存5月2日第十一次，由此推知始载时间在4月（《琪花梦》结束之后）。《飘泊花》，现存第六次载于5月30日。《红手腕》，现存第十一次载于7月9日，可知始载于6月末。《护花铃》仅存十四、十七次，载于9月2日、5日，是知始载于8月，标类“侠情小说”，写当时题材。《青衫剑客》，第四次载于10月9日，至11月9日犹未结束。

1928年（民国十七年，戊辰） 20岁

是年北京改称“北平”。3月，《小小日报》连载侦探小说《疑真疑假》，署“葆祥”。3月，《小小日报》连载社会小说《蝶魂花骨》，署“王霄羽”。5月，《小小日报》连载社会小说《揉碎桃花记》，署“王霄羽”。7月，《小小日报》连载“讽世小说”《双凤随鸦录》，署“王霄羽”。

按：《疑真疑假》，第四次载于3月12日，当始载于8日。《蝶魂花骨》，第三十四次载于4月11日，当始载于3月9日，与《疑真疑假》同时，故用两个笔名。《双凤随鸦录》，第四十二次载于8月21日。

本年存报缺失严重，当有不少连载作品至今未知。以下类似情况不再逐一说明。

1929年（民国十八年，己巳）　21岁

6月，《小小日报》连载社会小说《战地情仇》，署“王霄羽”。

按：《战地情仇》，仅存7月4日一次（序号未详）。本年几无存报。

1930年（民国十九年，庚午）　22岁

是年王度庐离开宽街夜授计民小学，改任家庭教师，不久认识李丹荃。

按：李丹荃在所遗手稿《王度庐小传》中说：“我在北京读中学时，在一个同学家里认识了王度庐。那时，他正给我的同学的弟弟补习功课。记得他曾送过我两本书，一本是纳兰容若的《饮水词》，另一本是《浮生六记》。我不喜欢《浮生六记》，却很喜欢那本词，有些句子至今仍能记得，如‘摇落尽，有发未全僧，风雨消磨生死别，似曾相识只孤灯；情在不能醒……’‘瘦狂那似肥痴好，任他肥痴好，笑他多病与长贫，不及衮衮诸公向风尘……’”（按文中所记纳兰词句与原作略有出入。）

3月，《小小日报》连载侦探小说《自鸣钟》，署“王霄羽”。

按：《自鸣钟》残存连载文本至三十一次告“全卷终”，次日接载《惊人秘柬》第一次。故暂系于3月。

是年，王度庐始用笔名“柳今”在《小小日报》开辟个人专栏“谈天”，每日发表短文一篇，纵论国事、民生、世态、人情、风习、学术、艺文等。“柳今”在这些短文里经常述及“自己”的“经历”，多属杜撰；但是，这位论说者的心态、性格、气质又与当时的王度庐十分相符。

按：因存报缺失，“谈天”开栏、终结时间未详。所载杂文均署“柳今”，以下不作逐篇标注。

4月1日，《小小日报》“谈天”栏刊出杂文《世态》。4月4日，《小小日报》“谈天”栏刊出杂文《荒芜的青年》。

按：4月2日、3日报纸缺失，或漏杂文两篇。以下类似情况不再加注按语。

4月5日，《小小日报》“谈天”栏刊出杂文《中等人》。4月6日，《小小日报》“谈天”栏刊出杂文《架子》。4月7日，《小小日报》“谈天”栏刊出杂文《性的广告》。4月8日，《小小日报》“谈天”栏刊出杂文《笑》。4月9日、10日，《小小日

报》“谈天”栏连续刊出杂文《永垂不朽》(一)(二)。4月11日,《小小日报》“谈天”栏刊出杂文《女性的教育与生育》。4月12日,《小小日报》“谈天”栏刊出杂文《一位平民文学家》,赞赏满族鼓词作者韩小窗。文中说:“世界本来是平民的世界,尤其是文学家,更要有一种平民化的精神,他才能够用文学的力量,来转移风化,陶冶民情;否则琢句雕章,自以为是,至多不过只能得到少数的文蠹的几遍诵读罢了。”韩小窗“这人确实是位有天才、有词藻、有思想的文学家。他能把他这种才学,不去作八股,不去批试帖,而能用来编大鼓,他的平民思想可见了,他的环境可见了,而他的清高也可见了。”

按:韩小窗(约1828—1890),辽宁开原人,满族,子弟书(即鼓词)作家。其代表作有《露泪缘》《宁武关》《长坂坡》《刺虎》《黛玉悲秋》《红梅阁》及影卷《谤可笑》《金石语》等。

4月13日,《小小日报》“谈天”栏刊出杂文《绝顶聪明》。4月14、15日,《小小日报》“谈天”栏连续刊出杂文《道德》(一)(二)。

4月17至23日,《小小日报》“谈天”栏连载杂文《伦理与中国》。全文分为五节:一、伦理的产生;二、伦理的优点;三、伦理被利用以后;四、伦理存亡与中国之存亡;五、伦理的蟊贼。

4月25日,《小小日报》“谈天”栏刊出杂文《小难》。4月26日,《小小日报》“谈天”栏刊出杂文《女招待》。4月27日,《小小日报》“谈天”栏刊出杂文《落子馆》。4月29日,《小小日报》“谈天”栏刊出杂文《麻醉剂》。4月30日,《小小日报》“谈天”栏刊出杂文《万寿寺》。

4月,《小小日报》连载侦探小说《惊人秘柬》,署“王霄羽”。

按:《自鸣钟》残存连载文本至三十一次告“全卷终”,次日接载《惊人秘柬》第一次,具体日期均难考定。

5月1日,《小小日报》“谈天”栏刊出杂文《赘泽品》。5月2日,《小小日报》“谈天”栏刊出杂文《童子军》。5月3日,《小小日报》“谈天”栏刊出杂文《女腿》。5月4日,《小小日报》“谈天”栏刊出杂文《颠倒雌雄》。5月5日,《小小日报》“谈天”栏刊出杂文《歌舞剧》。5月6日,《小小日报》“谈天”栏刊出杂文《招与待》。5月7日,《小小日报》“谈天”栏刊出杂文《恢复北京》。5月8日,《小小日报》“谈天”栏刊出杂文《野鸡》。5月9日,《小小日报》“谈天”栏刊出杂文《女招打》。5月13日，《小小日报》“谈天”栏刊出杂文《署名》。5月14日，《小小日报》“谈天”栏刊出杂文《迷》。5月15日，《小小日报》“谈天”栏刊出杂文《恶五月》。5月16日，《小小日报》“谈天”栏刊出杂文《送春》。5月17日，《小小日报》“谈天”栏刊出杂文《哭》。5月18日，《小小日报》“谈天”栏刊出杂文《雨天》。5月19日，《小小日报》“谈天”栏刊出杂文《名士派》。5月20日，《小小日报》“谈天”栏刊出杂文《小算盘》。5月21日，《小小日报》“谈天”栏刊出杂文《自行车》。5月22日，《小小日报》“谈天”栏刊出杂文《穷北京？》。5月23日，《小小日报》“谈天”栏刊出杂文《服从》。5月24日，《小小日报》“谈天”栏刊出杂文《奴隶性》。5月28日，《小小日报》“谈天”栏刊出杂文《澡堂里》。5月29日，《小小日报》“谈天”栏刊出杂文《安慰》。5月30日，《小小日报》“谈天”栏刊出杂文《中国剧》。5月31日，《小小日报》“谈天”栏刊出杂文《游民》。5月，《小小日报》连载侦探小说《触目惊心》，署“王霄羽”。

按：《触目惊心》未见，据《空房怪事》前言列入，连载时间在《神獒捉鬼》之前，故系入5月。

6月1日，《小小日报》“谈天”栏刊出杂文《端午节》。3日，《小小日报》“谈天”栏刊出杂文《打麻雀》。4日，《小小日报》“谈天”栏刊出杂文《谋事》。5日，《小小日报》“谈天”栏刊出杂文《无聊的北平》。6日，《小小日报》“谈天”栏刊出杂文《病》。同日开始连载侦探小说《神獒捉鬼》，署“王霄羽”。

按：《神獒捉鬼》共连载二十五次，当结束于6月30日（7月1日始载《空房怪事》，参见《空房怪事》引言）。

7日，《小小日报》“谈天”栏刊出杂文《造化儿子》。8日，《小小日报》“谈天”栏刊出杂文《疯人》。9日，《小小日报》“谈天”栏刊出杂文《阔事》。10日，《小小日报》“谈天”栏刊出杂文《骗术》。11日，《小小日报》“谈天”栏刊出杂文《财神　阎王》。12日，《小小日报》“谈天”栏刊出杂文《画中人》。13日，《小小日报》“谈天”栏刊出杂文《醉酒》。14日，《小小日报》“谈天”栏刊出杂文《夫妻间》。15日，《小小日报》“谈天”栏刊出杂文《不开壳》。16日，《小小日报》“谈天”栏刊出杂文《憔悴》。17日，《小小日报》“谈天”栏刊出杂文《伤心人》。18日，《小小日报》“谈天”栏刊出杂文《情书》。

19日，《小小日报》“谈天”栏刊出杂文《琴声里》。20日，《小小日报》“谈天”栏刊出杂文《☯》。21日，《小小日报》“谈天”栏刊出杂文《什刹海》。22日，《小小日报》“谈天”栏刊出杂文《凶杀案》。23日，《小小日报》“谈天”栏刊出杂文《关于裤子》。24日，《小小日报》“谈天”栏刊出杂文《三件痛快事》。25日，《小小日报》“谈天”栏刊出杂文《诗人》。26日、27日，《小小日报》“谈天”栏连续刊出杂文《贵族学校》（一）（二）。28日，《小小日报》“谈天”栏刊出杂文《穷　住》。29日，《小小日报》“谈天”栏刊出杂文《妙影》。30日，《小小日报》“谈天”栏刊出杂文《罪恶场中之未来者》。6月，《小小日报》连载社会小说《烟霭纷纷》，署“香波馆主”。

按：现存《烟霭纷纷》第三十六次连载文本复印件上有副刊“编余”一则，云“今天这版算作‘七夕特刊’”。查1930年七夕为阳历8月30日，由此推知《烟霭纷纷》当始载于6月27日。

7月1日，《小小日报》“谈天”栏刊出杂文《吃饭问题》。5日，《小小日报》“谈天”栏刊出杂文《平民化》。6日，《小小日报》“谈天”栏刊出杂文《面子》。7日，《小小日报》“谈天”栏刊出杂文《醋　忌讳》。8日，《小小日报》“谈天”栏刊出杂文《文士与蚊士》。9日，《小小日报》“谈天”栏刊出杂文《人品与装饰》。12日，《小小日报》“谈天”栏刊出杂文《消夏》。13日，《小小日报》“谈天”栏刊出杂文《财神爷》。同日，《小小日报》始载惨情小说《玉藕愁丝》，署“香波馆主”。

按：《玉藕愁丝》始载日期据预告图片背面报头推知。

14日，《小小日报》“谈天”栏刊出杂文《妓女问题》。15日，《小小日报》“谈天”栏刊出杂文《杨耐梅　朱素云》。

按：杨耐梅，生于1904年，中国早期影星，曾出演《玉梨魂》《奇女子》《上海三女子》《空谷兰》等无声片。当时北平讹传她已“香消玉殒”，作者故撰此文悼念。实则杨在1960年卒于台湾。朱素云，京剧小生演员朱沄之艺名，生于1872年，卒于1930年。

16日，《小小日报》“谈天”栏刊出杂文《难民返国》。17日，《小小日报》“谈天”栏刊出杂文《灯下人》。18日，《小小日报》“谈天”栏刊出杂文《捧》。19日，《小小日报》“谈天”栏刊出杂文《快乐人多？》。20日，《小小日报》“谈天”栏刊出杂文《西游记》。21日,《小小日报》“谈天”栏刊出杂文《火警》。22日,《小小日报》“谈天”栏刊出杂文《人体美》。23日,《小小日报》“谈天”栏刊出杂文《穷　光　蛋》。24日,《小小日报》“谈天”栏刊出杂文《抵抗力》。25日,《小小日报》“谈天”栏刊出杂文《香艳文章》。26日,《小小日报》“谈天”栏刊出杂文《雨夜柝声》。27日,《小小日报》“谈天”栏刊出杂文《爱河》。28日,《小小日报》“谈天”栏刊出杂文《调戏》。29日,《小小日报》“谈天”栏刊出杂文《“嫁”的问题》。30日,《小小日报》“谈天”栏刊出杂文《阎罗王》。31日,《小小日报》“谈天”栏刊出杂文《知音》。7月,《小小日报》连载侦探小说《空房怪事》,署“王霄羽”。

按:《空房怪事》共连载二十九次,残存文本图片均无报头,难以确认具体时间。(第一次疑载于7月3日,见图片背面;结束于第二十九次,当为8月1日。)

8月2日,《小小日报》“谈天”栏刊出杂文《战》。

3日,《小小日报》“谈天”栏刊出杂文《时髦》。4日,《小小日报》“谈天”栏刊出杂文《人逛人》。5日,《小小日报》“谈天”栏刊出杂文《跳舞场里》。6日,《小小日报》“谈天”栏刊出杂文《奸杀案》。7日,《小小日报》“谈天”栏刊出杂文《阴阳电》。8日,《小小日报》“谈天”栏刊出杂文《办白事》。9日,《小小日报》“谈天”栏刊出杂文《眼光》。10日,《小小日报》“谈天”栏刊出杂文《无与偶　莫能容》。11日,《小小日报》“谈天”栏刊出杂文《喜新厌旧》。12日,《小小日报》“谈天”栏刊出杂文《洋化的话》。13日,《小小日报》“谈天”栏刊出杂文《发财学》。14日,《小小日报》“谈天”栏刊出杂文《儿童　成人》。15日。《小小日报》“谈天”栏刊出杂文《英雄难过美人关》。16日,《小小日报》“谈天”栏刊出杂文《交际》。17日,《小小日报》“谈天”栏刊出杂文《呻吟》。18日,《小小日报》“谈天”栏刊出杂文《枇杷巷里》。19日,《小小日报》“谈天”栏刊出杂文《捕蝇》。20日,《小小日报》“谈天”栏刊出杂文《殉情》。21日,《小小日报》“谈天”栏刊出杂文《人死不值钱》。22日,《小小日报》“谈天”栏刊出杂文《癞蛤蟆　天鹅肉》。23日,《小小日报》“谈天”栏刊出杂文《作时评》。25日,《小小日报》“谈天”栏刊出杂文《马路》。26日,《小小日报》“谈天”栏刊出杂文《女朋友》。27日,《小小日报》"谈天"栏刊出杂文《跳楼者》。28日，《小小日报》"谈天"栏刊出杂文《蟋蟀》。29日，《小小日报》"谈天"栏刊出杂文《古城返照》。30日，《小小日报》"谈天"栏刊出杂文《惹气》。31日，《小小日报》"谈天"栏刊出杂文《活得弗耐烦》。8月，《小小日报》始载武侠小说《鳌汉海盗》，署"霄羽"。

按：《鳌汉海盗》连载文本基本完整，但原件图片无报头，难以确认日期。共连载四十二次，当结束于9月间，时《烟霭纷纷》仍在连载。

9月1日，《小小日报》"谈天"栏刊出杂文《由线订书说起》。2日、3日，《小小日报》"谈天"栏连续刊出杂文《"娶"的问题》(一)(二)。4日，《小小日报》"谈天"栏刊出杂文《罂粟味》。5日，《小小日报》"谈天"栏刊出杂文《忏悔》。6日，《小小日报》"谈天"栏刊出杂文《想当然耳》。7日，《小小日报》"谈天"栏刊出杂文《标奇与仿效》。8日，《小小日报》"谈天"栏刊出杂文《复古》。9日，《小小日报》"谈天"栏刊出杂文《野草闲花》。同日同报又载影评《看了〈故都春梦〉》，署"柳今投"。10日，《小小日报》"谈天"栏刊出杂文《倡门》。12日，《小小日报》"谈天"栏刊出杂文《乞丐》。13日，《小小日报》"谈天"栏刊出杂文《心》。9月15日，《小小日报》"谈天"栏刊出杂文《短　小　经济》。9月16日，《小小日报》"谈天"栏刊出杂文《性的文章》。9月17日，《小小日报》"谈天"栏刊出杂文《逢场作戏》。9月18日，《小小日报》"谈天"栏刊出杂文《浮云变幻》。9月19日，《小小日报》"谈天"栏刊出杂文《敲钗小语》。20日，《小小日报》"谈天"栏刊出杂文《俗礼》。21日，《小小日报》"谈天"栏刊出杂文《何不当初》。22日，《小小日报》"谈天"栏刊出杂文《醋的考证》。23日，《小小日报》"谈天"栏刊出杂文《劲秋》。28日，《小小日报》"谈天"栏刊出杂文《柴　米　油　盐　酱　醋　茶》。30日，《小小日报》"谈天"栏刊出杂文《烛边思绪》，叙述阅读《朝鲜义士安重根传》的感受，抒发爱国情怀及对国内现实的愤懑。

10月1日，《小小日报》"谈天"栏刊出杂文《吵嘴》。29日，《小小日报》"哈哈镜"栏刊出杂文《团圞月照破碎国家》，署"柳今"。

1931年(民国二十年，辛未)　23岁

是年，王度庐应聘担任《小小日报》编辑员。5月，《小小日报》连载哀情

小说《缠命丝》，署“王霄羽”。同时连载社会小说《燕燕莺莺》，署“香波馆主”。9月18日，沈阳发生“九一八”事变，日本加紧侵华。

按：《缠命丝》仅存第九〇次，内文曰“全卷终”，图片有“31, 8, 1”标注，据此倒推，当始载于5月；《燕燕莺莺》仅存第六二次，未完，图片注“31, 8”。

又按：耿小的在《我与〈小小日报〉》中说，自己进入《小小日报》任编辑是在“1933年后”，“之前似乎赵苍海编过很短时期”，却未提及王霄羽。若其记忆无误，则王之去职，当在赵前。

1934年（民国二十三年，甲戌）　26岁

是年，李丹荃随父亲离北平去西安。不久王度庐亦往西安，任陕西省教育厅编审室办事员，《民意报》编辑员。

3月10日，陕西省教育厅在西安民众教育馆举办西安中小学讲演竞赛会；28日、29日，又在西安民乐园举办西安中小学第二届唱歌比赛，均派王霄羽任记录。

3月20日，西安《民意报》“戏剧与电影周刊”第一期刊载《中国戏剧生命之革新》第一节“九一八后的中国戏剧界”，署“柳今”。文中慨叹中国剧坛进步缓慢，以至“今日远东国际纠纷之病菌集于中国，而我国之戏剧仍然如沉睡，如枯死，反使他人——俄国——高呼曰：‘怒吼吧中国！’”27日，“戏剧与电影周刊”第二期续载《中国戏剧生命之革新》第一节“九一八后的中国戏剧界”，署“柳今”。文中续论中国戏剧的觉醒与“推翻”“旧剧势力”之关系。同期又载《电影是应合大众所需要　真不容易利用它》，署“潇雨”。文中说：“艺术只要不是‘自我’的而是‘大众’的，那就当然要被利用成为一种工具。电影尤其要首先被人利用的，不过常常又见人们弄巧成拙，利用影片作某种宣传，结果倒被观众利用，”从而形成与国外影片亦步亦趋的种种题材热，当前已由伦理片、武侠侦探片演进为民生片。当局于“九一八”后号召影界多制作“关于唤起民族精神的片子”固然不错，但是“现在的民众，只是恐慌他们的经济穷困，生活惨淡，实在没有充分的力量去供给到民族上。或者，现在的电影也只走到了替穷人呼吁，次一步，才是民族精神”。

4月3日，西安《民意报》“戏剧与电影周刊”第三期未见，当续载《中国戏剧生命之革新》第二节“新旧戏剧之检讨”。10日，“戏剧与电影周刊”第四期续载《中国戏剧生命之革新》第二节“新旧戏剧之检讨”，署“柳今”。文中认为，“中国旧剧虽然不能追随时代，但确能利用科学，亦缘近代科学文明多供给于资产阶级之享乐，旧剧靡靡之音当愈适合于人之享乐。新剧□□□□，自难免在比较之下落后也”。（原件有四字无法辨认。）同期并载《伦敦公演〈彩楼配〉的问题》，署“潇雨”。文中认为，在伦敦由中国人与外国人用英语同演旧剧《彩楼配》，只能像《蝴蝶夫人》那样，迎合一部分外国人的扭曲了的东方观，“但是歪曲的东西在现代剧坛上实在没有它的地位，何况这《彩楼配》国际性质的公演”。

按：（1）王度庐档案中的履历表填：“1934—1935年 西安民意报 编辑员”，“1935–1936年 陕西省教育厅 办事员”。而从文章刊出情况判断，任《民意报》编辑员应该在后（报馆编辑不可能受厅长派遣去任竞赛记录），或者同时兼任二职。

（2）西安《民意报》“戏剧与电影周刊”仅存一、二、四期，日期据打印稿说明（周刊第四期为4月10日）向前推算而得。4月3日报缺失，内容可据前后两期推知（不排除3日还有其他文章刊出）。4月10日以后报纸缺失，当有其他未知史料。

5月，《陕西教育月刊》第五期发表《陕西省教育厅举办西安中小学讲演竞赛会经过》和《陕西省教育厅举办西安中小学第二届唱歌比赛会经过》记录，均署“王霄羽”。

10月，《陕西教育旬刊》第二卷第廿九、卅、卅一期合刊“论著”栏刊出《民间歌谣之研究》，署“王霄羽”。全文五章：第一章“歌谣之史的发展”；第二章“歌谣的分类法”；第三章“歌谣价值的面面观”；第四章“歌谣技巧的研究”；第五章“结论”。文中有这样的论述：“贵族化的文学在‘五四’时就已被人打倒，现在一般人都提倡大众文学。真正的‘大众文学’在哪里？我们离开了歌谣，恐怕再没有地方寻找了罢？”

1935年（民国二十四年，乙亥） 27岁

是年，王度庐与李丹荃在西安结婚。婚后李父卒于三原，王度庐前往料理丧事，曾遭歹徒劫持。

按：王度庐后来在《〈宝剑金钗〉序》中写及“频年饥驱远游，秦楚燕赵之间，跋涉殆遍”当有所夸张，实则未离陕西。

1936年（民国二十五年，丙子）　28岁

是年王度庐夫妇返回北平。10月13日，《平报》刊载《献于〈平报〉——十五周年》，署“王霄羽”。同日，《平报》开始连载武侠小说《黄河游侠传》，署“霄羽”。12月12日，发生“西安事变”。

按：李丹荃在遗稿中回忆返京前后的生活说：“我有晕眩症，那时常犯，昏迷中常听到王叨念：‘谢家有女偏怜小，自嫁黔娄万事乖……’后来我知道了这是元稹的悼亡诗。我就说：‘你老叨念什么，我又没有死呀！’现在回想当时情景，如在目前。”

1937年（民国二十六年，丁丑）　29岁

是年春，王度庐夫妇应李丹荃二伯父伊筱农召，同赴青岛。4月17日，《平报》连载《黄河游侠传》结束。18日，《平报》开始连载武侠小说《燕赵悲歌传》，署“霄羽”。4月末，王度庐回北平料理“文债”，于端午节后返青岛。不久，弟探骊与北平进步青年同来青岛，王度庐夫妇送他们取道上海奔赴陕北参加革命。

按：李丹荃在所遗手稿中说：“弟弟到了青岛，我们大家分析了当时的形势，都赞成他去内地找出路。他们兄弟一向感情很好，分手时不无留恋。最后王度庐慨然说：‘你就放心走吧，我们以后会团聚的，母亲的生活，家里的一切，有我呢。’他把自己的怀表给了弟弟。”

7月7日，卢沟桥事变爆发。9日，《平报》连载《燕赵悲歌传》结束。10日，《平报》开始连载武侠小说《八侠夺珠记》，署“霄羽”。30日，北平、天津失守。

12月底，青岛守军撤离。

按：伊筱农（1870—1946？），广东法政及警察速成学校毕业。1912年

来青岛，创办《青岛白话报》（后改名《中国青岛报》），在当地颇有影响。“伊”为满族所冠汉姓，可知李丹荃家族亦有满族血统。

《八侠夺珠记》殆未载完。

1938年（民国二十七年，戊寅） 30岁

1月10日，日寇全面占领青岛。伊筱农博平路宅第被日军作为“敌产”没收，王度庐夫妇与伯父同往宁波路4号租屋居住。生计陷入极度困难之时，王度庐偶遇在《青岛新民报》任副刊编辑的北平熟人关松海，应约向该报投稿。

5月30日、31日，《青岛新民报》发布《本报增刊武侠小说预告》，称“已征得名小说家王度庐先生之精心杰作长篇武侠小说《河岳游侠传》”，即将刊出。是为“度庐”笔名首次见报。

按：《青岛新民报》和后来的《青岛大新民报》在刊出王度庐作品之前都先发布预告，下不一一列载。

6 月1日，《青岛新民报》开始连载武侠小说《河岳游侠传》，署“王度庐”。2日，《青岛新民报》刊载散文《海滨忆写》，署“度庐”。

11月15日，《河岳游侠传》连载结束。共20回，未见单行本。16日，《青岛新民报》开始连载武侠悲情小说《宝剑金钗记》，署“王度庐”。配图：刘镜海。

按：刘镜海，时在海泊路23号开设“镜海美术社”，除为王氏作品配插图外，在生活上与王度庐夫妇也经常互相照顾。

1939年（民国二十八年，己卯） 31岁

是年春，王度庐长子生于青岛。4月24日，《青岛新民报》开始连载社会言情小说《落絮飘香》，署“霄羽”。配图：许清（刘镜海笔名）。7月29日，《宝剑金钗记》在《青岛新民报》载毕。30日，《青岛新民报》开始连载武侠悲情小说《剑气珠光录》。

是年，青岛新民报社印行《宝剑金钗记》单行本，前有王度庐自序，谓

"频年饥驱远游，秦楚燕赵之间跋涉殆遍，屡经坎坷，备尝世味，益感人间侠士之不可无。兼以情场爱迹，所见亦多，大都财色相欺，优柔自误。因是，又拟以任侠与爱情相并言之，庶使英雄肝胆亦有旖旎之思，儿女痴情不尽娇柔之态。此《宝剑金钗》之所由作也"。

按：《宝剑金钗记》自序仅见于青岛新民报版单行本，也是至今所见王度庐为自己著作所写申述创作意图的唯一自序（其他著作连载时虽或亦加引言，均系说明性文字，出版单行本时皆被删除）。

1940年（民国二十九年，庚辰） 32岁

2月2日，《落絮飘香》在《青岛新民报》载毕。3日，《青岛新民报》开始连载社会言情小说《古城新月》，署"霄羽"，配图：许清。22日，《青岛新民报》刊载《〈落絮飘香〉读后》，作者傅琍琳系关松海之夫人。文中介绍霄羽"曩在北京主编《小小日报》时，以著侦探小说知名"，并且透露"霄羽""度庐"实为一人。

4月5日，《剑气珠光录》载毕，随后亦由报社印行单行本。7日，《青岛新民报》开始连载《舞鹤鸣鸾记》，署"王度庐"，配图：刘镜海。此日所载为该书"序言"，出单行本时被删却，全文如下："内家武当派之开山祖张三丰，本宋时武当山道士，曾以单身杀敌百余，因之威名大振。武当派讲的是强筋骨、运气功、静以制动、犯则立仆，比少林的打法为毒狠，所以有人说'学得内家一二，即足以胜少林。'此派自张三丰累传至王咸来，咸来弟子黄百家，又将秘传歌诀，加以注解，所以内家拳便渐渐学术化了。可是后因日久年深，歌诀虽在，真功夫反不得传。自清初至近代，武当派中的侠士实寥寥无几，有的，只是甘凤池、鹰爪王、江南鹤等。甘凤池系以剑术称，鹰爪王专长于点穴，惟有江南鹤，其拳剑及点穴不但高出于甘、王二人之上，且晚年行踪极为诡异，简直有如剑仙，在《宝剑金钗记》与《剑气珠光录》二书中，这位老侠只是个飘渺的人物，如神龙一般。而本书却是要以此人为主，详述他一生的事迹。又本书除江南鹤之外，尚有李慕白之父李凤杰，及其师纪广杰。所以若论起时代，则本书所述之事，当在李慕白出世之前数十年了。"

8月16日，南京《京报》开始连载《风雨双龙剑》，署"王度庐"。配图：

刘镜海。

按：南京《京报》为汪伪时期出版的四开小报，原系三日刊，1940年8月16日改为日报，终刊于1945年8月16日。该报约得王度庐文稿，当亦出诸关松海之绍介。

介绍王度庐去市立女中代课的是潘思祖，字颖舒，河北邢台人，1930年毕业于河北大学国文系，时在青岛市立女中任教。李丹荃在回忆手稿中说："潘先生常来我家，一坐就是半天。他善谈吐，知道的事情多，打开话匣子什么都说。""潘先生是王度庐那时唯一可以谈得来的人，只有和潘先生在一起，王度庐才肯毫无顾忌地说话。在有些言情小说里，故事情节也是取自潘先生的谈话资料。"王子久则在《王度庐和他的小说》（载于1988年1月9日《青岛日报》）中说，"下课后学生常常把他包围起来"，要求他别把《落絮飘香》《古城新月》里女主人公的下场写得太惨。

1941年（民国三十年，辛巳）　33岁

是年王度庐任青岛圣功女中教员。3月15日，《舞鹤鸣鸾记》在《青岛新民报》载毕，随后亦由报社印行单行本。16日，《青岛新民报》开始连载《卧虎藏龙传》，配图：刘镜海。4月10日，《古城新月》在《青岛新民报》载毕。11日，《青岛新民报》开始连载《海上虹霞》，署"霄羽"。配图：许清。5月9日，《风雨双龙剑》在南京《京报》载毕，共17回。随后即由报社印行单行本。10日，南京《京报》开始连载《彩凤银蛇传》，署"度庐"。配图：刘镜海。8月27日，《海上虹霞》在《青岛新民报》载毕。28日，《青岛新民报》开始连载社会小说《虞美人》，署"霄羽"。配图：许清。

按：《风雨双龙剑》连载本与后来的上海育才书局重印本相比，在回目、内文上都略有差别，后者当经作者修订。

1942年（民国三十一年，壬午）　34岁

是年王度庐曾任青岛市立女中代课教员一个多月。

按：青岛王铎先生之母当年为市立女中教员，他听母亲说，王度庐担任的是培训社会人员的课程，上课地点在市立女中附小（即位于朝城路5

号的今朝城路小学）。

3月1日，《彩凤银蛇传》在南京《京报》载毕，共13回。2日，南京《京报》开始连载《纤纤剑》，署“王度庐”。配图：刘镜海。3日，南京《京报》刊载读者傅佑民来信《关于〈彩凤银蛇传〉鲁彩娥之死》，对《彩凤银蛇传》女主人公因伤重死于中途而未见到自幼失散之生母的结局提出异议。该报副刊编辑在《编者谨按》中说：“王先生写鲁彩娥之死，才正是脱去中国武侠小说的旧套……给读者一种‘此恨绵绵无绝期’的尾巴……这才是全书的力量。”“读者越是这样着急，气愤，越是著者的成功，越见王先生文笔感人之深。6日，《卧虎藏龙传》在《青岛新民报》载毕。同日，南京《京报》又载读者陈中来信，再次对《彩凤银蛇传》写鲁海娥之死提出商榷，以为固然“不必‘大团圆’或带‘回令’”，而“‘见娘’似为必要”。信中还提及“某日路过平江府街，闻一擦皮鞋者与一少年，亦在津津然预测鲁海娥之未来”，可见读者关心之一斑。7日，《青岛新民报》开始连载《铁骑银瓶传》，署“王度庐”。配图：刘镜海。17日，南京《京报》再载读者王德孚来信，认为虽然鲁海娥之死写得好，但是还应加上一些交代后事、劝导爱人走正路的临终遗言。24日，南京《京报》刊出王度庐《关于鲁海娥之死》一文，回答读者批评，说明“在写该书的第一回之前，我就预备着末了是一幕悲剧。”“向来‘大团圆’的玩意儿总没有‘缺陷美’令人留恋，而且人生本来是一杯苦酒，哪里来的那么些‘完美’的事情？‘福慧双修’的女子本来就很少，尤其是历史或小说里的‘美人’。古人云：‘自古美人如名将，不许人间见白头。’西施为千古美人，原因是她后来没有下落；林黛玉是读过了《红楼梦》的人一定惋惜的，原因也是她早死。近代的赛金花就不够‘绝代佳人’的条件，她是不该后来又以老旦的扮相儿再登台。‘好花不常开，好景不常在’，美与缺陷原是一个东西。本此种种理由，于是我更得叫我们的‘粉鳞小蛟龙’死了。”“因为这样的女人决不可叫她去与人‘花好月圆’，度那庸俗的日子；尤其不能叫她跟十三妹一样去二妻一夫的给男子开心。”

10月31日，《纤纤剑》在南京《京报》载毕，共10回。

是年，《青岛新民报》与《大青岛报》合并，更名《青岛大新民报》。

1943年（民国三十二年，癸未） 35岁

是年王度庐曾任《治平月刊》编辑员一个多月。1月23日，南京《京报》开始连载《舞剑飞花录》，署“王度庐”。配图：刘镜海。

10月5日，《青岛大新民报》刊出《寒梅曲》广告，其中说：“名小说家王霄羽先生自为本报撰《落絮飘香》《古城新月》《海上虹霞》《虞美人》等数篇之后，篇篇脍炙人口，远近交誉，百万读者每日争先竞读，投来赞誉之函件无数。盖王君文学湛深，复精研心理学，对于社会人情，观察最深；国内足迹又广，生活经验极为丰富；并以其妙笔，参合新旧写法，清俊流畅，细腻转宛；描写之人物，皆跃跃如生，令人留下深深印象。其所选之故事，又皆可悲可喜，新颖而近情合理，章法结构，亦极严谨，无懈可击。即以现刊之《虞美人》言，连刊二年余，若换他人之著作，恐早已令人生倦，然王君之文，日日有新的描写，故事有新的发展变幻，令人如食橄榄，越嚼其味越长；如观大海，久望而其波澜无尽。是以每日每人争相阅读，并常有向本社函电相询者。此均系事实，凡读者皆能信而不疑者也。故虽饱学之士，极富人生阅历之人，对王君之著作亦莫不称誉，谓之为当代第一流之小说家。今《虞美人》即将终篇，新作已由王君开始动笔，名曰《寒梅曲》。系由民国初年北京极繁华之时写起，先述女伶之生活，但与一般的俗流写法迥异；次叙一好学上进的女子，于艰苦环境之中不泯其志气，不失其天真。渐展为一段恋爱，男主角为一音乐家，于是《寒梅曲》遂写入本题矣。其后则此女主角遭境改变，如寒梅之遇风雪，花片纷落，然不失其皓洁。中间穿插许多新奇而合理之故事，出现许多面貌不同、心情各异之人物，但人物虽多而不杂乱，每个人又都是在前几篇中未见过的，可也就许是读者眼前常见的。写至中段，则情节极为紧张，能不下泪、不感动者恐少；斯时又写一洁身自爱、有为之少年人，排万难立其身，颇富伦理知识，且有教育意味。至篇末结束之时，写得尤为高超，读者到时自然赞佩。并且此书与前几篇不同，王君之作风稍加改变，简洁流丽，不作繁冗之藻饰，不用生涩的字句，更以悲哀与滑稽相衬而写，非但令人回肠荡气，有时亦令人喷饭。总之，王君之作品早已成熟，已至炉火纯青之候，已有挥洒自如之才力，此《寒梅曲》尤最，不待多加介绍也。” 6日，《虞美人》在《青岛大新民报》载毕。7日，《青

岛大新民报》开始连载《寒梅曲》，署“霄羽”。配图：许清。

按：因存报缺失，《寒梅曲》连载结束时间未详。

1944年（民国三十三年，甲申）　36岁

是年《铁骑银瓶传》在《青岛大新民报》载毕（具体月、日未详）。1月18日，《舞剑飞花录》在南京《京报》载毕，共19章。19日，南京《京报》开始连载《大漠双鸳谱》，标“侠情小说”，署“王度庐”。配图：镜海。7月3日《大漠双鸳谱》载毕，共6章。4日，南京《京报》开始连载《春明小侠》，标“侠情小说”，署“王度庐”。

按：《舞剑飞花录》后由上海励力出版社印行单行本，改题《洛阳豪客》，被压缩为16章。连载本之章题与单行本完全不同，文字出入也较大。

又，本年上海《戏世界》报曾刊出武侠小说《铁剑红绡记》，署“王度庐”，现仅存4030、4031、4032、4033、4034、4035、4036、4038、4039、4040十期（即十段连载文本，分别属于第一、二章，时间为3月20日至30日）。待辨真伪。

1945年（民国三十四年，乙酉）　37岁

2月18日，王度庐之女生于青岛。25日，《春明小侠》载至第20章。5月1日，南京《京报》连载《琼楼双剑记》第二章，署“王度庐”。同日，青岛《民民民》月刊连载《锦绣豪雄传》，署“王度庐”。是年夏秋之际，《青岛大新民报》停刊。8月15日，日本正式宣布投降。10月25日，青岛举行日军受降典礼。《青岛时报》等老报复刊，《民治报》《民众日报》等新报创刊。

按：《春明小侠》于本年2月25日载至第二十章，改标“武侠小说”，以下报纸缺失，连载结束时间当在4月末。《琼楼双剑记》亦因报纸缺失而不知始载时间；至5月27日，所载内容仍为第二章，以后殆未续载。《锦绣豪雄传》亦未载完。

1946年（民国三十五年，丙戌）　38岁

是年王度庐为维持生计，曾任赛马场办事员，于周日售马票。12月2日，

《青岛时报》开始连载王度庐所著武侠小说《紫凤镖》，署名“鲁云”。

1947年（民国三十六年，丁亥） 39岁

5月1日，青岛《民治报》开始连载王度庐所撰武侠小说《太平天国情侠传》，署“鲁云”。19日，青岛《大中报》开始连载王度庐所撰武侠小说《清末侠客传》，署“鲁云”。6月11日，《青岛时报》开始连载王度庐所撰社会言情小说《晚香玉》，署“绿芜”。7月18日，《紫凤镖》在《青岛时报》载毕。19日，《青岛时报》开始连载王度庐所撰武侠小说《雍正与年羹尧》，署“鲁云”。是年王度庐收到弟弟来信，得知中共即将获得全面胜利。

按：《太平天国情侠传》仅见一节，未知是否载毕。《雍正与年羹尧》《清末侠客传》当于次年载毕。

李丹荃在回忆文中说：“1947年，我们忽然收到分离多年的弟弟的信，那信是经过几个人辗转捎来的。信中大意是：我在外买卖很好，我们不久即可团聚，望你们放心。信虽很短，但却是莫大喜讯。信中真实的含义，我们是明白的，知道多年的战争是将结束了。只是这时他们在北平的母亲已故去，没有来得及知道，是终身遗憾。”

1948年（民国三十七年，戊子） 40岁

是年王度庐曾任青岛摊商工会文牍。1月31日，《晚香玉》在《青岛时报》载毕。2月1日，《青岛时报》开始连载《粉墨婵娟》，署“绿芜”。4月29日，《青岛时报》开始连载武侠小说《宝刀飞》，署“鲁云”。6月，上海育才书局出版增订本《风雨双龙剑》。7月10日，《粉墨婵娟》在《青岛时报》载毕。15日，《青岛时报》开始连载侠情小说《燕市侠伶》，署“绿芜”。9月17日，《宝刀飞》在《青岛时报》载毕。9月20日，《青岛公报》开始连载武侠小说《金刚玉宝剑》，署“王度庐”。

按：《金刚玉宝剑》之“玉”字当系“王”字之误，参见丁福保主编之《佛学大辞典》：【金刚王宝剑】（譬喻）临济四喝之一，谓临济有时一喝，为切断一切情解葛藤之利剑也。《临济录》曰：“师问僧：有时一喝如金刚王宝剑，有时一喝如踞地金毛狮子，有时一喝如探竿影草，有时一喝不

作一喝用，汝作么生会？僧拟议，师便喝。”《人天眼目》曰：“金刚王宝剑者，一刀挥断一切情解。”又：【金刚】（术语）梵语曰缚罗。……译言金刚，金中之精者，世所言之金刚石是也。…… 又（天名）持金刚杵之力士，谓之金刚。……【金刚王】（杂语）金刚中之最胜者，犹言牛中之最胜者为牛王也。……

9月24日，青岛《军民晚报》开始连载武侠小说《龙虎铁连环》，署“王度庐”。10月，上海励力出版社将《清末侠客传》分为两册印行，分别改题《绣带银镖》《冷剑凄芳》。11月，上海励力出版社出版《宝刀飞》。同年，上海励力出版社还出版或再版了王度庐的以下作品：《鹤惊昆仑》（即《舞鹤鸣鸾记》），《宝剑金钗》（即《宝剑金钗记》），《剑气珠光》（即《剑气珠光录》），《卧虎藏龙》（即《卧虎藏龙传》），《铁骑银瓶》（即《铁骑银瓶传》），《紫电青霜》，《新血滴子》（即《雍正与年羹尧》），《燕市侠伶》，《落絮飘香》《琼楼春情》《朝露相思》《翠陌归人》（此为《落絮飘香》连载本的四个分册），《暴雨惊鸳》（此为《寒梅曲》连载本的第一分册，以下分册未见），《绮市芳葩》《寒波玉蕊》（此为《晚香玉》连载本的两个分册），《粉墨婵娟》《霞梦离魂》（此为《粉墨婵娟》连载本的两个分册）。

按：《燕市侠伶》之后集为《梅花香手帕》。后集未见连载，励力版《燕市侠伶》亦未见，该版当不包括后集。

1949年（己丑） 41岁

是年，王度庐之弟谭立（即王探骊）出任中共大连市委副书记。1月1日，青岛《民治报》开始连载《玉佩金刀记》，署“王度庐”。未完。2月，《金刚玉宝剑》改由《联青晚报》连载。4月，上海励力出版社出版《金刚玉宝剑》，共三册。6月29日，王度庐幼子生于青岛。

是年秋，王度庐夫妇携长子、女儿同由青岛迁往大连（幼子暂留青岛）。王度庐任旅大行政公署教育厅编审委员。李丹荃先在市教育局初教科任科员，后任教于英华坊小学和大同坊小学。

本年，重庆千秋书局出版《紫凤镖》。上海励力出版社还出版了王度庐的下列作品：《朱门绮梦》《小巷娇梅》《碧海狂涛》《古城新月》（此为《古城新月》连载本的三个分册),《海上虹霞》《灵魂之锁》(此为《海上虹霞》连载本的两个分册),《琴岛佳人》《少女飘零》《歌舞芳邻》(此为《虞美人》连载本的前四个分册,以下分册未见),《洛阳豪客》(即《舞剑飞花录》),《风尘四杰》,《香山侠女》,《春秋戟》,《龙虎铁连环》等。

1950年(庚寅) 42岁

王度庐在旅大行政公署教育厅任编审委员。

1951年(辛卯) 43岁

王度庐调入旅大师范专科学校任教员。

1953年(癸巳) 45岁

是年夏,王度庐调入沈阳东北实验学校(现辽宁省实验中学)任语文教员,李丹荃任该校舍务处职员。

1955年(乙未) 47岁

5月,《人民日报》公布《关于胡风反革命集团的材料》。在清查"胡风分子"时,王度庐曾经受到无端怀疑。

1956年(丙申) 48岁

1月13日,文化部发出《关于续发处理反动、淫秽、荒诞图书参考目录的通知(56)(文陈出密字第9号)》,其第二条称:"有一些人专门编写反动、淫秽、荒诞的图书,如徐訏、无名氏、仇章专门编写政治上反动的、描写特务间谍的小说,张竞生、王小逸(捉刀人)、蓝白黑、笑生、待燕楼主、冷如雁、田舍郎、桑旦华专门编写含有反动政治内容或淫秽、色情成分的'言情小说',朱贞木、郑证因、李寿民(还珠楼主)、王度庐、宫白羽、徐春羽专门编写含有反动政治内容或淫秽、色情成分的神怪、荒诞的'武侠小说'。为了肃清反动、淫秽、荒诞的图书,请各省市文化局在审读图书时,对于徐訏……徐春羽等二十一人编写的图书特别加以注意。但决定是否处理和如何处理，仍应按书籍内容而定。”（见中国出版科学研究所、中央档案馆编：《中华人民共和国出版史料》第8辑，中国书籍出版社，2002。）

同年，王度庐加入中国民主促进会，并任该会沈阳市第五届市委委员；又曾被选为皇姑区政协委员和沈阳市第六届人民代表大会代表。

按：以上政治身份据辽宁省实验中学所存退休人员登记表及李丹荃回忆文。加入民进当在本年，其他事项或在其后，因无法查实年份，姑均暂系于本年。

1957年（丁酉） 49岁

实验中学也掀起“反右”运动，王度庐没有受到大冲击。

1966年（丙午） 58岁

“文化大革命”爆发。王度庐受到冲击，被贬入“有问题的人学习班”，接受“清队”审查。

1968年（戊申） 60岁

王度庐仍处于“逍遥”状态。

1969年（己酉） 61岁

王度庐当在是年被结束“审查”，获得“解放”，即被宣布没有查出问题，恢复原来的政治身份。

按：依照“文革”程序，“有问题的人”被“解放”之前，仍需召开一次表示“结案”的批判会。李丹荃在回忆文中写道：“……开了一个小型批判会。也不知从什么地方找来一本《小巷娇梅》，批判者念一段，批判一番……当批判者念到生动有趣处，听者笑了，王度庐也忍不住笑了，当然要招来申斥：‘你还笑？你要端正态度！’批判者们又从我们家拿走了我们的一本相册，里面有两张全家照片。一张中有我抱着1949年初生的幼子；另一张是我穿着在旅大行政公署发的女干部服装，王度庐穿着他兄弟给他的呢子干部服装。批判者举着照片说：‘你们穿得这么好，可见你们过去生活多么优越！你爱人还穿着裙子！’……对他的批判只是一种虚张声势的形式。那些老师并未认真对待。”

1970年（庚戌） 62岁

是年春，王度庐以退休人员身份，随李丹荃下放到辽宁省昌图县泉头公社大苇子大队，不久转到泉头大队。

按：王度庐幼子在一封信里这样回忆父母被“下放”的情景：“……我在农村‘接受再教育’，得知后立即赶回家。前往农村时，年迈的父母坐在卡车顶上，一路颠簸。爸爸当时身体就很不好，加上这一折腾，半路解手时，站了半天也解不出来。妈妈晕车，走一路吐一路。那情景我现在回忆起来都止不住要流泪。”

其女则曾在一封信里回忆到昌图看望父母的情景：“听说他们下乡了，我很急,不久就请假找去了。他们一辈子住在城里,父亲更是年老体弱,手无缚鸡之力,忽然到了农村,借住在人家的半间小屋里,怎么生活?”“我还没走到家,就远远地看见父亲坐在一棵繁茂的大树下(很像一幅中国山水画),我的心顿时平静下来了。他永远是那么心平气和,不知是怎么修炼的。”“我女儿小时候跟我父母在农村住过。有一次闹觉(困了,不睡,哭闹)我很烦,可我父亲说:‘世界多美好啊,她是舍不得去睡觉啊。’”“有时,父亲用手比成一个取景框,东照一下,西照一下,对我的小孩说:‘快来看,这边是一个景,那边也是一个景。’（父亲原本喜欢摄影，在小说《海上虹霞》中曾写到购买‘莱卡’照相机，就颇内行。）他还常让母亲下地干活回来时带些野花野草。那时父亲走路已不太方便了。”

1972年（壬子） 64岁

王度庐在昌图。其幼子考入迁至铁岭的沈阳农学院农学系。

1974年（甲寅） 66岁

1月14日，长子突然亡故，王度庐夫妇不胜哀痛。

同年，幼子毕业于迁至铁岭的沈阳农学院农学系，留校任教。李丹荃于下放人员"落实政策"时也被安排退休。

1975年（乙卯） 67岁

王度庐夫妇迁往铁岭与幼子同住。

1977年（丁巳） 69岁

2月12日，王度庐因病卒于铁岭。

按：李丹荃在回忆手稿中这样记述丈夫逝世的情景："儿子工作的学校已放了寒假，这天正是旧历年末。晚上儿子去办公室值夜，女儿远在几千里外工作。我们住在一间很小的宿舍里，暖气不热，电灯不亮，风吹得屋外树枝簌簌地响，偶然能听得到远处一声声犬吠。他病已重危，该说的话早已说完，他静静地合上双眼去了。我不愿惊动他，也不想叫别人，坐在床前陪伴着他，送他安静地走完了人生最后的旅程，时年六十八（周）岁……我遵从他的遗嘱，没有通知很多人，没有举行一切世俗的仪式，没有哀乐，没有纸花，悄然地由他的儿子和几位热情的青年同事用担架（把他）抬到离我家很近的火葬场。"

（承张元卿博士协助查阅南京《京报》并发现、提供有关陕西教育月刊、旬刊资料，特此致谢！）

2016年1月修订

《王度庐作品大系》书目一览表

武侠卷第一辑（2015年7月已出版）

1.鹤惊昆仑（上、下） 2.宝剑金钗（上、下） 3.剑气珠光（上、下） 4.卧虎藏龙（上、下） 5.铁骑银瓶（上、中、下）

武侠卷第二辑（2016年3月—7月已出版）

1.风雨双龙剑 2.彩凤银蛇传 3.纤纤剑 4.洛阳豪客 5.大漠双鸳谱 6.紫电青霜 7.紫凤镖 8.绣带银镖 9.雍正与年羹尧 10.宝刀飞 11.金刚玉宝剑

社会言情卷

1.落絮飘香 2.古城新月 3.海上虹霞 4.虞美人 5.晚香玉 6.粉墨婵娟 7.风尘四杰 8.香山侠女

早期小说与杂文卷（待出版）

1.杂文 2.早期小说：红绫枕 鳌汉海盗 黄河游侠传 3.散佚作品精选集：燕市侠伶 虞美人 春明小侠 春秋戟 寒梅曲